白馬八方尾根殺人事件

梓 林太郎

AZUSA RINTARO

KAPPA NOVELS

目次

◎第一章
風の盆――9

◎第二章
沈黙のパーティー――35

◎第三章
記録――75

◎第四章
白馬――115

◎第五章
ひび割れの日々――125

◎第六章
偽装――154

◎第七章
白昼の惨劇――197

◎第八章
第四のX《エックス》――218

八方尾根・白馬村周辺略図
N
白馬岳
白馬鑓ヶ岳
八方尾根
唐松岳
五龍岳
鹿島槍ヶ岳
爺ヶ岳
白馬ジャンプ競技場
糸魚川街道
はくばおおいけ
しなのもりうえ
はくば
いいもり
かみしろ
みなみかみしろ
やなば
うみのぐち
いなお
大糸線
白馬村
小川村
長野県
裾花川
諏訪神社
鬼無里街道
善光寺
長野市
ながの
あもり
犀川
かわなかじま
北陸新幹線
信越本線
いまい
しののい
上信越自動車道
N
白馬岩岳
マウンテンリゾート
433
白馬岩岳
スノーフィールド
信濃森上
松川
白　馬　村
白馬・山とスキー
の総合資料館
大糸線
白馬
大出公園
白馬ジャンプ競技場
平川
姫川
406
白馬五竜スキー場
飯森
姫川
0　0.5　1km

第一章　風の盆

1

きのう台風が去ったというのに空は晴れず、九月初旬とは思えない冷たい風が吹いた。

「台風の置きみやげだな」

出勤した三船《みふね》課長は独り言をいって席に着いた。

松本《まつもと》署のほとんどの署員から「シマコ」と呼ばれている河原崎志摩子《かわらざきしまこ》が、亀《かめ》ずしと白い文字の入った緑色の湯呑《の》みを、課長のデスクに置いた。

道原伝吉《みちはらでんきち》と吉村夕輔《よしむらゆうすけ》が同時に椅子を立って課長に挨拶をした。と、それを待っていたように刑事課の電話が鳴り、吉村が受話器を取り上げた。

「分かりました。すぐいきます」

吉村は電話を置くと、

「相談したい人がきています。女性だそうです」

と、道原のほうを向いた。

道原は首でうなずいた。警官に話をきいてもらいたいといって警察署へ訪れる人は珍しくはない。

吉村は、相談に訪れた女性を一階の相談室へ案内したと道原に電話で知らせた。

道原が相談室へ入ると、紺色の地に水色の小さな花模様のワンピースの女性が椅子を立った。三十代半ば見当だ。色白の細身で、身長は一六〇センチぐらい。髪を薄く染めていて、顔立ちがいい。

「お忙しいところを、申し訳ありません」

彼女は、日野絵利香《ひのえりか》だと名乗った。

「松本市内にお住まいですか」

「はい。信州《しんしゅう》大学の近くの沢村《さわむら》です」

職業や家庭環境などは話のなかできくことにした。

「じつは、心配なことがあるんです」

楽しいことがあって、それを警察へ報告にやってくる人はまずいない。

「詳しく話してください」

道原がいうと、彼女は一瞬下を向いて、黒いバッグからクリーム色のハンカチを取り出して、口にあてた。細い指をしている。

「わたしは、竹中智久《たけなかともひさ》という住所が市内の里山辺《さとやまべ》の人とお付合いをしています。……彼とは八月三十日に、富山市内で会うことにしていましたけど、彼は、わたしが待っているホテルへ着きませんでした」

彼女はそういうと、ハンカチを口にあて、白い指を動かした。

「富山で会うことにしていたとは、仕事の関係でも」

道原は、わずかに首をかしげてきいた。

「仕事ではありません。九月一日の夜、八尾《やつお》で風《かぜ》の盆《ぼん》を見物することにしていました。わたしは八月三十日の午後、富山駅近くのみずしまホテルに着いて、彼の到着を待っていました」

「あなたと竹中さんは、一緒に富山へいかなかったんですね」

「竹中さんは、登山をして、そのあと富山へくることになっていたんです」

「登山のあと……。竹中さんの登山日程を、あなたは知っていましたか」

彼女は、「はい」と返事をすると、バッグからブルーの表紙の小型ノートを取り出して開いた。

「彼は八月二十八日、大町《おおまち》から立山黒部《たてやまくろべ》アルペンルートを経て、室堂《むろどう》に着いて、ホテル立山に泊まり、次の二十九日は、付近の山に登って、ホテル立山にもどって、もう一泊して、三十日の朝ホテルを出て、富山に向かって、午後にみずしまホテルに着くことになっていました。予定では、三十一日は富山の港や市内観光をして、みずしまホテルに泊まって、九月一日におわら風の盆を見るために、八尾へ移ることにしていたんです。……ですが、彼は、富山のみずしまホテルに着きませんでした。それでわたしは、ホテル立山へ電話で、竹中智久の宿泊をたしかめました」

「泊まっていましたか」

道原はペンをにぎってきいた。

「たしかに二泊していました」

「では竹中さんは、八月三十日の朝、ホテル立山を発《た》ったんですね」

日野絵利香は、道原に顔を向け、「そうです」というように首を動かした。

「立山のホテルに泊まった竹中さんから、電話がありましたか」

「ありました。出発した日の昼すぎに、くろよんに着いた。ハイカーが大勢いると電話をくれました。そして三十日の朝、これから富山へ向かうと電話してきました」

三十日、夕方になっても竹中は富山のホテルに着かないので、彼に電話した。するとケータイは電源が切られていて通話できなかった。

道原は竹中智久の電話番号をきいて、それへ掛けてみた。彼女のいったとおり電源が切られていた。

道原は、「竹中智久は三十日に富山市内のホテルに到着しなかった」とメモした。

「それであなたは、どうしましたか」

「三十一日の朝、富山市の警察署へ電話して、竹中さんがホテルに着かないことを伝えました。電話が通じないことも話しました。警察の方は、なにかの都合か、計画を変更することにしたのではないか。もう一日待ってみてはどうかといわれました。……わたしは予定通り三十一日もみずしまホテルに泊まりましたけれど、彼からは連絡がありませんでした」

「連絡がない」

道原はつぶやいて、メモを取った。

それからどうしたのかを絵利香にきいた。

「八尾へ移って、予約してあった旅館で、彼からの連絡を待とうかとも思いましたけれど、彼とは電話も通じないので、異変が起こったものと感じました。それで、富山警察署へいって、事情を話しました。それから列車で家に帰りました」

次の日、自宅にいても落着けないので、松本署へも相談しておこうと思ったのだと低い声でいって、ハンカチを鼻にあてた。

竹中がなにかの異変に遭《あ》ったのだとしたら、それは八月三十日の朝、室堂のホテルを出たあとか、富山市へ向かう途中ではなかろうか。

道原は横にいる吉村に、室堂から富山へいったことがあるかをきいた。

「ありません。立山へ登ったときは、室堂から扇沢《おうぎさわ》へ引き返しました」

道原も同じで、立山登山のあとは大町へ引き返した。

富山県警本部へ立山地域の所轄署はどこかを尋

ねた。上市署《かみいち》だった。

上市署へは電話で、日野絵利香がいったことを伝えた。

すぐに回答があって、八月三十日以後、管内では、山岳地での事故も事件も起きていないということだった。

だが、竹中智久という男は、八月三十日の朝、室堂のホテルをチェックアウトしている。異変が起きたとしたらそのあとだ。

「あなたは、立山へいったことがありますか」

道原が絵利香にきいた。

「ありません。黒部ダムへいったことがありますけど、そこから大町へ引き返しました」

シマコに富山県の地図を持ってきてもらった。

室堂からのルートをペンの先で追った。立山有料道路は羊腸《ようちょう》のように曲がりくねっている。弥《み》陀《だ》ケ《が》原《はら》を下り、称名滝《しょうみょうだき》のある称名川に沿って、美女平《びじょだいら》で立山ケーブルカーで立山。そこからは富山地方《とやまちほう》鉄道立山線で岩峅寺《いわくらじ》へ。そこから上滝《かみだき》線で富山。

「竹中さんから連絡があるのが一番だが、あなたが気付いたことがあったら、連絡してください」

と道原はいってから、竹中の職業をきいた。

「学習塾の経営者です。松本市内に修好舎《しゅうこうしゃ》という塾を二か所、岡谷《おかや》市内に一か所持っています」

「学校講師の経験のある人ですか」

「先生の経験はないと思います。講師を何人か雇って。……それから松本市内にカフェを出す計画で、適当な場所をさがしているようでした」

「ほう。資金に余裕のある方ですね。……あなたは竹中さんとお付合いをしているといいましたが、竹中さんは何歳で、家族は」

「四十歳です。七、八年前に離婚なさったときいています。お子さんはいなかったそうです。新潟市の生まれとききました」

「学習塾経営は、何年前からかをきいていますか」

「三、四年前からのようです」

「若いのに……」

資金に余裕のある人だと繰り返そうと思ったが、口を閉じた。

「竹中さんは、登山をよくする人ですか」

「毎年、夏と秋には山登りに出掛けているといっています」

「では、山仲間がいるんでしょうね」

「いると思いますけど、単独で登ることのほうが多いってきいたことがあります」

彼女はバッグから竹中の写真を出した。それを道原は手にとった。目が細く、四角ばった顔が特徴だ。その写真をあずかることにした。

道原は、絵利香と会話していて、彼女は人慣れしているのを感じた。

「あなたは、どこかへお勤めですか」

「わたしは、市内の裏町《うらまち》通りで、姉と妹と一緒に料理屋をやっています」

「三姉妹で……」

裏町へはときどきいくので、なんという店かをきいた。

「松葉《まつば》ぐしです。いらっしゃったことがあるのでは」

彼女は目を細めた。

道原は、憶《おぼ》えていないと答えた。

「店は、はやっていますか」

「まあまあといったところです。姉が長くやっているせいか、常連のお客さまが多い店です。わたしは松葉ぐしを手伝うようになって、ちょうど二年です」

吉村が横から道原のほうへ首を伸ばして、松葉ぐしへいったことがあるといった。

2

日野絵利香を帰すと、道原と吉村とシマコは刑事課へもどった。道原が課長に、絵利香の話を伝えた。

課長は腕組みして道原の報告をきいていたが、

「竹中智久という男は、立山のホテルを出て、バスに乗るつもりだったが、そこでだれかに会ったんじゃないかな」

といった。

「そうだと思います。重大な用事でも起きて富山へいけなくなったのなら、それを電話で彼女に伝えたはずです」

道原がいった。

「そうだろう。彼女に電話することもできなかったということは……」

「会った者に電話を取り上げられたか、電源を切れといわれた」

「何者かに拘束されたんじゃないかな」

課長は深刻な表情をして、上市署にそれを伝えるようにといい、道原と吉村に室堂へいくようにと指示した。

吉村はロッカーへ飛びついた。そのなかには登山装備がしまわれている。

「山に登るわけじゃないぞ」

道原がいうと、登ることになるかもしれないといい返された。

これから室堂へ向かうと、到着は夕方になりそうな気がした。

扇沢まで車で送ってもらった。山あいの上空は抜けるような蒼空《あおぞら》が広がって鳶《とび》が輪を描いていた。

道原は車のなかから日野絵利香に電話した。竹中から連絡があったかをきいたのだ。

「いいえ、ありません」

彼女の声は少しかすれていた。

「私たちは、室堂へいくために扇沢へ向かっています。竹中さんは、室堂でだれかに会ったことが考えられます。そして、なにかが起こった。それを調べにいってきます」

「ご苦労さまです。お気をつけて」

彼女の声は、霧のなかへでも消えていくようだった。


扇沢でトンネルバスに乗った。立山黒部アルペンルートは一九五二年から開発がはじめられたが、マイカーの侵入は一切許されていない。したがって、トンネルバス、地下ケーブルカー、ロープウエイ、トンネルトロリーバスを乗り継ぎ、黒部ダムを越えていく。

ダムのくろよんには観光客が大勢いた。観光シーズンの好天だ。

バスは室堂の地階に着いた。そこには上市署員がいて、トンネルを管理しているという数人と話をしていた。

道原は上市署員に、先日、ここでなにか起こっていなかったかをきいた。

「さっきからそれを何人かからきいていますが、トラブルのようなことはなかったそうです」

道原は、ノートのメモに目を落とした。

竹中智久が富山市内のホテルで落ち合うことになっている絵利香に電話をよこしたのは、八月三十日の午前八時ごろといっていた。その時間帯の防犯カメラの映像を見ることにした。

　二十人ぐらいの男女が列をつくっている。バスの到着を待っている人たちだ。その列は見る見るうちに長くなった。前夜、この立山のホテルに泊まって、富山へ下る人たちの列のほうを先に見ることにした。絵利香からあずかった竹中の顔写真を頭に入れて映像をにらんだが、竹中らしい男を見つけることはできなかった。

　つづいて扇沢へ下るバスに乗る人たちの映像に目を凝《こ》らした。美女平方面ゆきのバスに乗る人たちの倍の人数だ。その列のなかにも竹中らしい男の姿は見つけられなかった。

　ホテル立山のフロントで、竹中智久が二泊したのを確かめ、なにかトラブルのような出来事はなかったかの聞き込みもした。彼には目立ったり、従業員の印象に残るような行為はなかったようだ。

　道原と吉村は、ホテル立山へ宿泊することにした。

　竹中には、八月三十日の朝、予期しないことが起こったにちがいない。道原と吉村は、夕食の席でも、就寝前にも、竹中が、絵利香が待っている富山のホテルへ着くことができなかった理由《わけ》を、あれこれ話し合った。それは推測にほかならず、事実に近いことをつかんでいるという実感は得られなかった。

　道原と吉村は署にもどると、課長をはじめシマコをまじえた刑事たちと、室堂の防犯カメラの映像を見直した。竹中智久の顔写真をあらためて見て、バスを待つ人たちのなかにその顔がないかをたしかめた。

八月三十日の午前八時すぎの時間帯に、美女平方面へ向かうバスにも、扇沢方面へ向かうバスにも、竹中は乗らなかったようだ。

「道原さんは、風の盆を見たことがありますか」

自分の席へもどった吉村はスマホを操作しながら唐突にきいた。

「見物したいが、その機会がない。きみも見たいんだな」

「ええ。現地へいった人の話をきいたことがあります。話をきいて、ますます見たくなりました」

「私は、安曇野《あづみの》署にいたとき、一度だけ八尾へいったことがあった。その土地の人から『八尾おわら資料館《しりようかん》』があって、風の盆の映像を見ることができるときいたので、そこへ入ったんだ。映像を見たが、みやげにＤＶＤを買った」

それが署にあるはずだといった。

「えっ、署にある」

吉村は目を丸くして、スマホをポケットにしまうと椅子を立った。道原が資料室にあるはずというと、吉村は早足で刑事課を出ていった。
五、六分すると吉村は、風の盆のＤＶＤを見つけたので、それを映して見るといった。
道原もあらためて見ることにして、シマコに声を掛けた。

「風の盆を、見ることができるんですか」

彼女は音をたてて立ち上がった。

資料室で三人はＤＶＤを映す画面に注目した。

――山から吹き下ろすような風の音がし、枯葉の散るような音と、せせらぎがきこえはじめた。

雪が舞いはじめた。人びとが息を殺して家のなかに閉じこもっているような季節が流れ、やがて川原の土手で草が土を割り、蝶《ちょう》が舞いはじめた。家々の屋根を焙《あぶ》るような陽《ひ》が山の端《は》に沈むと、風がきて、風が運んできたような、のびやかな歌声がただよった。それが越中《えっちゅう》おわら節《ぶし》。

〈八尾よいとこ　おわらの本場　二百十日を　おわら　出て踊る
唄の町だよ　八尾の町は　唄で糸とる　おわら　桑もつむ〉

夏をさらっていくように、一陣の風が吹きおこる。男性は黒いはっぴにもも引き姿。女性は紅い柄のゆかたに黒い帯。編笠《あみがさ》で顔を隠して、三味線と胡弓《こきゅう》の音に合わせて、ゆるやかに、舞うように踊っている。

秋の日暮れは早く、夜の訪れとともに、また山から下ろす風が鳴り、雪が舞いだした――

民謡の越中おわら節とおわら踊《おど》りは全国に知られるようになっているが、それはいつごろからかを、道原はなにかで読んだことがあった。

元禄《げんろく》年間（一六八八～一七〇四年）に、ある祝いごととして、八尾で仮装行列や滑稽芝居などが催《もよお》されたのがはじまりとあった。そのころ、秋のはじめになると、芸達者の人たちが謡《うたい》をうたいながら町を練り歩くのがならわしになった。それは豊年を願う行事で、稲の束が大きくなるようにとの思いから、「大藁《おおわら》」が転じたという説と、八尾近在の「小原村《おはらむら》」出身の娘が美声でうたう子守歌が起源だとする説がある。

おわらの踊りは、豊年踊りにはじまって、保存会が結成された昭和の初め、男踊りと女踊りの型ができ、のちに舞踏家の振り付けを得て、現在のかたちが確立したようだ。

　初めのうち、踊るのは芸者衆がおもだった。それを見ていた一般の人たちが、真似《まね》るようになった。人前で踊るのが恥ずかしいので、手拭いで顔を隠していたのが、現在の編笠に代わった。

「踊る女性の帯が黒というのが、きわ立った特徴ですね」

　映像を見終えると吉村がいった。

「それには理由《わけ》がある。八尾は養蚕《ようさん》で栄えた町だったが、一般の人たちの暮らしは貧しかった。……秋が近づいて、おわら踊りの着物をそろえたが、帯にまでは手がまわらなかった。そこでたいていの家にある帯といったら、冠婚葬祭用の黒帯だった。それを締めて踊った人がいたことから、黒帯に統一されるようになったんだ。この色づかいが、おわらには合っているといわれている」

　吉村とシマコはうなずいた。

　三味線の音にまじる胡弓の音が、おわらの哀調を誘っていた。

3

　道原の自宅は安曇野市穂高《ほたか》。大糸《おおいと》線穂高駅から西へ徒歩約七分。細い柱と薄い板の門がある木造二階建てだ。自宅の横が空き地で、その横は降旗《ふるはた》というどっしりとした構えの家で、昨年建増ししたのでまたひとまわり大きくなった。七十代の主人は、市内で精密機械の工場を経営している。

　午後八時。彼が自宅に近づくと飼い犬のニーロが門の近くまで出てきて、鳴いた。その声をきくと降旗家のシェパードが二声、吠える。

玄関のガラス戸が明るくなって、黒いズボンを穿《は》いた妻の康代《やすよ》が戸を開け、「お帰りなさい」といった。一人娘の比呂子《ひろこ》が足音をたてて二階から降りてきた。

「きょうはご馳走《ちそう》ですよ」

康代は笑顔だ。

「どうして」

道原は上着を脱ぎながらきいた。

「降旗さんからマグロをいただいたの。厚く切って、ステーキにするといいって」

道原が着替えをしているあいだに、彼だけの夕食がととのった。

「マグロのステーキか」

道原がいうと、比呂子は、おいしかったよ、といって、二階へ上がっていった。

ステーキのほかに、ニンジンとダイコンの細切り、イカの塩辛、漬け物のきゅうり、味噌《みそ》汁が並んだ。道原はシラスに酢をかけて食べる。

「降旗さんからは、たびたびいただき物をするけど、うちではお返しする物がない」

康代は独り言のようないいかたをした。

「ちょっと値の張るペットフードを差しあげたら」

「毛の艶のいいジョンは、いつもどんな物を食べているのかしら」

康代は、降旗家のシェパードのことをいった。

緊急呼び出しの電話が鳴らないことを祈って、康代に銚子を温めてもらった。

あしたは、松本市里山辺の竹中智久の住まいを吉村と見にいくことにしている。どんな生活《くらし》をしているのかを思いながら、夜九時のテレビニュースを観ることにした。

茨城県沖で小規模の地震があったと、女性アナウンサーが伝えた。あすは秋晴れの好天だという。

竹中智久の住まいは、里山辺の針塚《はりづか》古墳の近くだった。小ぢんまりした平屋の家が数軒並んでいて、そのなかの一軒。そこは借家だと分かった。表札が出ていないので、付近できいて彼が住んでいる家が分かった。ガラス戸の玄関へ声を掛けたが応答する人はいなかった。

隣の家から赤ん坊を抱いた三十代半ばに見える女性が出てきて、「竹中さんは何日か前から留守にしているようです」といった。

「竹中さんは、独り暮らしです。何年か前までは奥さんがいたということですが、離婚なさったのでしょう。竹中さんにはめったにお会いしませんけど、お会いすればにこにこなさって挨拶をします」

道原は、竹中の職業を知っているかと、隣家の主婦と思われる女性にきいた。

「市内で学習塾をやっているときいたことがあります。塾の名も場所も知りません。時間は一定していませんけど、毎日、車を運転してお出掛けしてるようです」

その車は住んでいる家の裏にとまっていた。黒塗りの高級車だ。顔が映るほど光っている。吉村がその車を撮影した。

竹中の家へ訪ねてくる人はいるかときくと、去年と一昨年のちょうどいまごろ、同じ男の人がきて、竹中の生活振りをきいたという。

「同じ人が……」

道原は主婦に念を押した。

「四十代半ばぐらいの同じ人です。竹中さんのことを調べているようだったので、なぜ二回も同じことをきくんですかとわたしはいいました。するとその男の人は、『知っておきたいのでね』と答えたのを憶えています」

「その男は、竹中さんのどんなことをききましたか」

「独り暮らしかということと、職業はなにかをききました。わたしは、学習塾をやっているということしか知らないといいました。その人は竹中さんがやっているという学習塾の名や場所をききましたけど、わたしは塾を見たこともないので、分からないと答えました」

「そのほかに、訪ねてくる人を見たことは」

　道原は、抱かれている赤ん坊の手をそっと撫でた。髪のかたちから女の子かときくと、男の子だといわれた。

「二、三回、同じ女の人を見ました」

「何歳ぐらいの人」

「二十代後半か、もしかしたら三十歳ぐらいかも。色白の垢《あか》抜けした人です。泊まっていくことがあるらしくて、窓辺へ布団を干しているのを見たことがあります」

　その女性の身長をきくと、一六〇センチぐらいだといった。日野絵利香ではないかと思った。

「刑事さんは、どうして竹中さんのことをお調べになっているんですか」

　主婦は、道原と吉村をあらためて見てきいた。

「竹中さんは、立山へ登って、そのあと富山の八尾で、風の盆を見物することになっていたのです。ところが八月三十日に富山市内のある場所に着くはずが、着かなかった。三十日の朝、立山のホテルを出たのはたしかですが、そのあと、どこへいったのかが不明なんです」

　そのため、帰宅したのかどうかを確認にきたのだといった。

「帰ってきてはいないと思います。車もありますし」

　主婦は竹中の家のほうを向いた。

　赤ん坊がぐずりはじめた。主婦は道原たちにちょこんと頭を下げて家へ入った。

　吉村が竹中が住んでいる家を撮影して、車にもどった。

「家のなかを見たいものだな」

　車の助手席で、道原はノートにメモを取った。竹中が住んでいる家のなかには、秘密の臭いのする物がしまわれていそうな気がした。

　竹中は、八月三十日、大事な人が待っている富山市内のホテルに着かなかった。二泊したホテル立山をチェックアウトして、室堂地階のバス停へ向かう途中、彼の身になにかの異変が起こったにちがいない。

「だれかが、彼がホテルを出てくるのを待っていたんじゃないでしょうか」

　吉村はハンドルをにぎった。

「そんな気がする。竹中にとっては、会ってはならない人間に会ってしまった」

「それは偶然だったのでしょうか」

「彼は何者かに後を尾《つ》けられていたのかも」

　道原と吉村は、竹中が経営している学習塾へ向かっている。修好舎という名称の塾で、松本市内の旭《あさひ》三丁目と開智《かいち》二丁目。そして岡谷駅前の三か所で経営しているということだった。

　旭三丁目の塾はビルの二階だった。主任の名刺を出した花岡《はなおか》という四十代半ばの男に面会室で会った。

竹中は、八月三十日の朝八時ごろ、富山市で落ち合うことになっている女性に電話した直後に重大なことが起き、足取りが分からなくなったと、道原は話し、心あたりがあるかをきいた。

「心あたりなど……」

花岡は首を振った。

「こちらの塾はいつ開いたのですか」

「四年前です」

高校受験のためと、大学受験のための生徒の二組に教えているという。

「竹中さんは、こちらの塾に毎日きていましたか」

「いいえ、週に一度ぐらいでした。講師との打ち合わせをすることもありましたが、ちょっと顔を出すだけの日のほうが多いです」

経営状態をきくと、花岡は上向きだと答えた。

「住居を見てきましたが、借家住まいで、地味な感じですが、潤沢な資産をお持ちの方なんでしょうね」

「三か所で塾をやっているのですから、経済的には余裕のある人とみています」

「塾を始める前の経歴をご存じですか」

「たしか会社勤めをしていたと、きいた憶えがあります。あ、竹中さんの経歴書がありますので」

花岡はそういって椅子を立ち、ガラスのはまった戸棚から水色の表紙のファイルを取り出した。開校するにあたって役所に提出した写しだといって、経歴書をテーブルに置いた。

小学校から高校までは飯田《いいだ》市。東京の明啓《めいけい》大学商学部卒業。順和《じゅんわ》商事株式会社勤務。

この経歴書によると、学習塾を経営する直前まで順和商事という会社に勤務していたようだ。

吉村が、この経歴書を写し取った。

道原は花岡に、修好舎の業績をきいた。

「毎年、生徒数は多くなっていますので、順調といっていいと思います」

花岡はそういったが、表情は不安げだった。

道原と吉村は、修好舎の開智校を訪ねた。そこもビルの二階で一階はわりに規模の大きい美容院だった。

この開智校は旭校の半年後に開校したのだと、須山《すやま》という主任がいった。

道原が、竹中智久の行方が分からなくなっていることを話した。

「塾長は、立山へ登ったあと、富山へ下って、八尾で風の盆を見物するといっていました。それを私がきいたのは、八月二十七日の午後でした」

黒縁メガネの須山は、顔色を変えてそういった。

計画はそのとおりだったが、竹中は八月三十日の朝から行方不明だ、と道原は話した。

「なにが起こったのでしょうか」

須山はメガネの縁に手をやって首をかしげた。竹中の失踪についてはまったく心あたりがないといった。

この塾も業績は順調で、

「塾長は、学習塾を始めてよかったといったことがありました」

と、眉間に皺《しわ》を立てながらも、竹中の経営方針をほめた。

竹中と一緒に食事などをすることがあったかときくと、

「月に一回ぐらいは食事に誘ってくれます」

どういう店で食事をするのかをきくと、

「塾長はすしが好きで、市役所の近くの駒《こま》ずしという店へよくいきます。それから裏町の松葉ぐしという、きれいな料理屋へ連れていっていただいたことがあります」

松葉ぐしは、日野絵利香が勤めている店だ。

「松葉ぐしへいかれたとき、そこで働いている人のことを、なにかいったことがありましたか」

「働いている人のこと。……たしか女性が三人いました。三人とも器量よしでしたけど、その人たちのことはなにも……」

竹中が三人のうちの一人と特別な間柄であるのを、須山は知らないようだ。

「すし屋でも料理屋でも、酒を飲んだでしょうが、竹中さんは強いほうですか」

「日本酒が好きですが、特別強いと思ったことはありません。むしろ私のほうが……」

須山はそういって、頰をゆるめた。

よけいなことと思ったが、松葉ぐしで竹中はどんな料理を食べるのかをきいた。

「塾長は松葉ぐしでおいしい物を知っていて、お酒を一口飲むと、料理をいくつか頼みます。塾長がオーダーして、私がおいしいと思ったものは、茹《ゆ》でた茄子《なす》にうにをたっぷりのせたのと、鰯《いわし》の陶板焼きです。あの店の女将《おかみ》さんは、東京の有名な料理屋で修業を積んできたそうです」

「須山さんは、それをどこでおききになったんですか」

「あの店のいちばん若い女性にききました。愛想のいい人です」

須山は、松葉ぐしの三人は姉妹だということを知らないらしい。三人は顔立ちが似ていないのだろうか。道原と吉村は、店を開ける前の松葉ぐしへいってみることにした。

4

料理屋の松葉ぐしのガラス戸は暗くて、「準備中」の木札が下がっていた。開店はどうやら五時ごろらしい。

裏口へまわった。小窓から湯気が出ていて、ガラス戸には灯りが点いていた。吉村が、「ご免ください」といいながら戸を開けた。出てきたのは絵利香だった。薄手のセーターを着た彼女は腕まくりしていた。開店前の忙しい時間だろうと思ったが、道原と吉村は調理場へ入った。奥のテーブルで二人の女性が向かい合って、食事をしていた。絵利香はその二人のほうを向いて、

「右が姉の克枝《かつえ》です。左が妹の麻琴《まこと》です」

といった。姉妹は立ち上がった。道原と吉村は名乗って一歩二人に近寄った。

三姉妹が並んだ。それぞれが異なった環境をくぐってきたからか顔立ちは似ておらず、麻琴だけが丸顔の長身だった。署で絵利香からきいたことだが、克枝と絵利香は離婚経験者だという。

「お店のほうへどうぞ」

克枝がいったが、道原は顔の前で手を振って遠慮した。絵利香のほうを向いて、竹中から電話は、ときいた。

彼女は、道原の顔を見たまま首を横にした。

「この近くへきたので、寄ってみただけです」

道原と吉村は一礼して退いた。絵利香だけが二人の刑事を追いかけるように外へ出て、腰を折った。

姉も妹も、絵利香と竹中の間柄を知っていたよ

うだ。その竹中が旅行中に消息を絶った。それを知った姉と妹は、絵利香に気を遣っているにちがいない。

「八月三十日の朝、竹中は、富山市内にいる絵利香に電話したが、それきりどうしたのか、なにが起こったのか、彼は彼女が待っているところへこなかった。……竹中は学習塾の経営者だが、そこの関係者にも連絡していない」

道原は車の助手席で独り言をいった。

きょうも竹中智久の消息は不明のまま暮れることになった。

「私は、竹中の家の隣の主婦がいったことが、気になっています」

吉村はハンドルをにぎっていった。

「なんだったか」

「一昨年と去年、四十歳ぐらいの男が竹中の生活《くらし》ぶりを聞き込みにきたということでした。つまり、どこかに、竹中の日常を知っておきたい人間がいるということです」

竹中は、七年か八年前に離婚したらしい。

道原は、竹中の経歴を詳しく知る必要がある、と吉村の横顔にいって、時間外だったが住民登録を確認した。

竹中智久の本籍地は新潟市だった。現住所へは八年前、東京の墨田《すみだ》区から転入していた。

彼の身には重大事態が起こっているにちがいないので、経歴を詳細に調べることにした。

高校卒業まで飯田市にいたことが分かっている。経歴書によると東京の明啓大学を卒業となっていたので、翌日、同大学へそれの確認の電話を入れた。すぐに回答があって、その氏名の卒業生はいないといわれた。彼は学歴を偽っていたことをつかんだ。

　職歴は、順和商事という会社勤務で、他に勤務先はないようだ。

　順和商事は実在していた。新宿区内でビルを経営している不動産会社だった。竹中は同社に十八歳から二十七歳までの九年間勤務していた。絵利香から借りた竹中の写真を見せて、担当した仕事をきいた。

「当時当社は、新宿区内と渋谷区内の八か所にビルを所有しておりました。竹中は、各ビルの補修や清掃の点検管理を担当していました。退職の理由は分かりません。円満退職と記録されています」

　人事担当者は、竹中はなにかの事件にでも関係したのかときいた。道原は、目下行方不明になっていると答えた。


　三十分ほどすると順和商事の人事担当者から電話があった。

「ある社員が、当社を辞めてからの竹中のことを憶えていて、新宿区の紙器《しき》製造会社に勤めていたそうです」

　といった。紙器製造とはときくと、さまざまのサイズのボール紙の箱をつくっている会社だといった。ところが社名までは分からないという。

　松本市内にも紙器製造会社があるので、東京新宿区の同業者が分かるかときくと、それは新日紙《しんにちし》業《ぎょう》だろうと教えられた。

　はたして竹中智久は新日紙業に勤務していた。担当は営業で、菓子店からの注文に応じたり、有名菓子店への納品などに携わっていたことが分かった。

　新日紙業での勤務期間は、二十七歳から三十二歳までの約五年間。竹中を記憶している社員がいるだろうかときくと、何人もいるはずだといわれた。

竹中は、新日紙業を退職すると松本市へ移ったようだ。東京に住んでいた者がなぜ松本へきたのか、そのあたりのことを知っている人がいそうだと道原は読み、吉村とともに出張することにした。

竹中の戸籍簿によると、二十六歳で塩谷律子《しおやりつこ》と婚姻したが、三十三歳のとき離婚している。その原因も知りたかった。

九月八日、道原と吉村は、松本を八時に出る特急の「あずさ」に乗った。独身の吉村は、朝食を摂《と》る時間がなかったといって、弁当を買い、発車と同時に食べはじめた。岡谷から五、六分の間、朝陽をはね返している諏訪湖《すわこ》が見えた。道原は松本駅で買った新聞を読んでいたが、弁当を食べ終えた吉村は、甲府《こうふ》へ着く前に目を瞑《つむ》った。列車は新宿へ一分も遅れず二時間四十分で到着した。

新日紙業は四谷《よつや》にあった。事務室の奥からは物を軽く叩いているような音がしていた。社員はグレーの作業衣を着ていた。六十代見当で大柄の専務が二人の刑事を応接室へ通した。大型のガラスケースがあって、そのなかには一か所を引っぱれば箱になるという菓子用箱のサンプルが並べられていた。社員数をきくと四十人だという。

「竹中智久は、営業係の一人で、受注と納品を担当していました。納品のないときは、工場へ入って、製品の整理をしたり、機械の下の床を掃除したりしていました。それを見て私は、気の利く男だと思いました。欠勤はほとんどなかったと思いますが、年に二、三回休暇をとって、山登りに出掛けていました」

「一緒に山に登る同僚がいたんですね」

「同僚でなくて、登山中に知り合って、友だち付合いをしている人がいたようです」

「どこへ登っていましたか」

「北アルプスにも南アルプスにも。彼は後立山《うしろたてやま》が好きだといって、鹿島槍《かしまやり》や白馬三山《しろうまさんざん》などへ登ることが多かったようです。……私も四十代まで年に一度は山へ登っていましたが、槍ヶ岳《やりがたけ》へ登る途中、落ちてきた岩にあたって大怪我をしました。それきり登山とは縁を切りました」

「竹中さんは、あるところへ出した経歴書には、明啓大学卒業と書いていますが、大学へ問い合わせたところ、該当がありませんでした」

「えっ。彼は大学を出てはいません。飯田市の高校を卒業して東京へ出てきたということでした。どういうところへ出した経歴書か知りませんが、見栄《みえ》を張る必要があったのでしょうね」

「竹中さんは、三十三歳のとき離婚しています」

「そうですか。それは当社を辞めてからでしょう。奥さんはタクシー会社に勤めているときいた憶えがあります。どうして別れたのでしょうね。彼は真面目な男と、私は見ていましたが……」

「こちらを退職した理由はなんでしたか」

「地元に帰りたいといっていたのを憶えています。……奥さんは、田舎へ引っ込むことを嫌ったのではないでしょうか」

道原は、竹中の姿を思い出しているらしい専務の顔を見ていたが、ゆるく首を横に振った。

刑事のその表情を奇異に感じたのか、専務は眉を寄せた。

「竹中さんは松本へいくと、小ぢんまりとした家を借りました。なにがあったのか分かりませんが、一年後に奥さんと別れました。松本に移った直後、なにをしていたのか、会社勤めでもしていたのかどうかも不明です。ですが四年前、三十六歳で松本市内の一等地に学習塾を開きました」

「学習塾をですか」

専務は意外だといって、口を開けた。

「それから半年ばかりあと、旧開《きゅうかい》智《ち》学校《がっこう》校舎近くに二番目の学習塾を開き、そして岡谷市にも同じような学習塾を開校しました。三か所とも業績は順調のようです」

「へえ、驚きました。塾を開くには、家賃や設備などで、相当な資金が必要だったでしょうが、それは、実家からの援助でもあったのでしょうか」

専務は目を丸くしたままいった。

「分かりません。その点もこれから調べることにしていきます」

道原はそういってから、妙なことが起こっているのだといった。

「妙なこと……」

専務は拳をにぎった。

「遅くなりまして」

と、小柄な女性社員が盆に湯気のたつお茶をのせて入ってきた。彼女は音をさせないように各人の前へそっと白いカップを置くと、一礼して部屋を出ていった。

道原と吉村は、お茶をいただくことにした。新茶のような香りがして、甘味のある上等のお茶だった。それと白い器は薄くて軽く、陶器の感触がなかった。道原はそのカップをあらためて見直した。専務は笑いながら、紙で出来ているのだといった。

道原は八月三十日の朝の出来事を話した。

「富山市内で待っている女性に、電話したまま……」

専務は首をかしげてつぶやいた。

竹中がこの会社に勤めていた当時の住所をきいた。そこは墨田区本所《ほんじょ》で隅田川《すみだがわ》の近くだと分かった。

第二章　沈黙のパーティー

1

竹中智久と結婚していた塩谷律子の住所が分かった。墨田区石原《いしわら》で、最寄り駅は両国《りょうごく》。隅田川に架かる蔵前《くらまえ》橋が西に、南には国技館《こくぎかん》と江戸東《えどとう》京博物館《きょうはくぶつかん》がある。

彼女は、隅田川を遡《さかのぼ》った東向島《ひがしむこうじま》のタクシー会社で経理事務の仕事に就いていた。

道原と吉村がそのタクシー会社の事務室を訪ね、ききたいことがあるというと、彼女は立ち上がって顔色を変え、同僚の女性に断わって、近くの喫茶店へ二人の刑事を案内した。

「刑事さんのご用は、竹中のことですか」

向かい合って椅子にすわると、彼女はすぐにそういった。

道原は、「あなたにちょっとききたいことがある」といって呼び出しただけだった。

「どうして、竹中さんのことだと分かったのですか」

「彼に関すること以外には、考えられないからです」

中背で面長の彼女は、真っ直《す》ぐに道原を見ていった。

彼女は東京で竹中智久と結婚し、松本へ移って約一年後に離婚して東京へもどった。

まず離婚の理由を尋ねた。

「他人には分かってもらえないでしょうけど、竹中は冷たい感じの男性です。初めわたしは、人の話をよくきいてくれて、もの事を冷静に判断する人と思っていましたが、それはわたしの見方がまちがっていました。……結婚してしばらく経《た》ってから気付いたのですが、彼は、わたしと話しているとき、顔を見ていませんでした。わたしが話しているのに、彼はべつのことを考えていたらしく、妙な返事をすることがありました。わたしの話す声を耳に入れながら、仕事のこととか、趣味のことを考えていたんです」

「竹中さんの趣味は、なんでしたか」

「登山です。毎年、二、三回、山に登っていました」

「あなたは、山には……」

「彼に連れられて、一度だけ登りました」

「どこへですか」

「初心者でも登れるといわれ、北《きた》穂《ほ》高岳《たかだけ》です。……一日目は横尾《よこお》山荘に泊まって、次の日は早朝に出発して、彼は北穂高まで登るつもりだったのですけど、わたしは涸沢《からさわ》でバテてしまいました。途中、わたしたちをすいすい追い越していく人たちを見て、わたしは山登りには向いていないと思いました。涸沢ヒュッテという大きい山小屋に着いて、わたしは昼間から寝ていました。わたしが寝ているあいだに彼は付近を歩いていたようでした。……次の日は、小石が飛んでくるような強い風が吹いていました。わたしは十歩ばかり登っては、胸を押さえていました。涸沢から北穂高へは普通の人は二時間ぐらいで着けるといわれましたけど、わたしは五時間ぐらいかかりました。彼に、『歩け、歩け』っていわれなかったら、わたしは登りをやめて、下ったと思います。……そのような体たらくでしたので、二度と山にはいかないことにしました」

「私も山登りをしますが、たまにあなたのような人を見かけます。疲れがひどいと危険なんです。竹中さんのほうも、あなたを登山に誘ったことを後悔したのでは」

「そのようでした。その後は、わたしを山へは誘いませんでしたので。……登山以外の彼の趣味。趣味といえるかどうか、本をよく読んでいました。鞄《かばん》にはいつも文庫本を入れていました」

「どんなものを読んでいましたか」

「小説です。おもに何年も前に亡くなった何人かの作家の本。それから新聞広告を見て買うのでしょうが、ノンフィクション。たとえば健康とか薬。あ、思い出しました。子ども向けの本を読んでいたことがありました」

「子ども向け……。たとえば……」

「『全国の鉄道』とか、『天才はなぜ天才なのか』という本を持っていたのを憶えています」

「会話をしているのに、相手の顔を見ていないといいましたが、どのような性格なんでしょう」

「始末屋です。新聞の朝刊だけを購読していました。わたしは社会面をちょっと読むだけですけど、彼は政治や経済や株の値にも目を通していて、新聞にはさまれている広告の裏が白いと、それをとっておいて、それに思い付いたことなどを書いて、綴《と》じていました」

「どんなことを書いていたのでしょう」

道原は、冷めたコーヒーを一口飲んだ律子にきいた。

「新聞記事の気の利いた見出しとか、料理に関する記事を写したり、記事を切り抜いて貼ったり。それから美術や音楽についての論評をよく切り抜いていました」

「あなたと一緒に外で食事することがありましたか」

「年に二回か三回。わたしが、どこかで食事をしようといって誘ったのです。彼のほうから食事を誘ったのは、お付合いをはじめたころでした。彼はおすしが好きで、わたしが、たまには焼き肉の店へといっても、彼はすしがいいといいました。和食の料理屋とか、洋食のレストランへ入ったことは一度もありませんでした」

「あなたは、どういうきっかけで竹中さんと知り合ったのですか」

「集団見合いです。それを主催しているところへ申し込むと、見合いの日時と場所を連絡してくれるので、そこへいって、お茶を飲みながら……」

　竹中智久は、身長一七二センチ、体重は六二、三キロ。肌は浅黒くて健康的に見え、髪を短くしていて清潔そう。目は細くて顔は四角ばっていて、いい男とはいえないが、彼女のほうから、「お付合いをお願いしてよろしいでしょうか」といったのだという。そのとき二十六歳の彼は、姿勢を正して、「よろしくお願いします」といい、結婚してからも、「私はいい人と出会えた」といっていた。

「わたしの父は警視庁の警察官でした。わたしには兄が二人、妹が一人います。母は父より一歳上で、四十代から病気がちになって、しょっちゅう病院へいって、いまも薬を沢山服《の》んでいます。わたしは竹中との結婚を決めると、彼を自宅へ案内して、家族全員に会ってもらいました。……父と母は彼を観察して、からだは丈夫そうだし、誠実そうだ。それと服装が地味なところがいい。口数の少ない点がちょっと気になるけど、ぺらぺら喋《しゃべ》ったり、ちゃらちゃらしたところがないから、堅実な暮らしかたをしそうだと印象を語りましたが」

　彼女はそのときを思い出してか、遠いところを見るような目つきをした。

　結婚式は、墨田区立の会館で行った。墨田区本所にわりに家賃の安いマンションを見つけて、そこを二人の新居にした。

　新婚旅行先をどこにしようか、と律子がいった。すると彼は珍しく熱心に、北海道へいってみたい、九州もよさそうだなどといい、中学のときに使ったという教科書の日本地図を引っ張り出してきた。

　律子は、一度はヨーロッパかハワイへいってみたいと思っていたが、竹中が出してきたのは日本地図だったので、海外は口にしなかった。旅行先を決めるのに四、五日を要した。毎晩、京都がいい、能登《のと》半島がいい、四国もいいなどと話し合っているうち、「そこにしよう」という場所とコースが決まった。

　それは、京都の東寺《とうじ》と呼ばれている教王《きょうおう》護国《ごこく》寺《じ》から高野山《こうやさん》へ、そこで一泊して、次の日の午後、龍神《りゅうじん》温泉へ下って一泊。翌日は紀伊《きい》へ下って熊《くま》野《の》那智《なち》大社を詣《もう》でて、那智滝《なちのたき》を見物。串本《くしもと》、潮《しおの》岬《みさき》へ出て、橋杭岩《はしぐいいわ》などの海辺を通って白浜《しらはま》まで足を延ばして一泊。アドベンチャーワールドなどを見物して、南紀白浜空港から夕方の便で羽田《はねだ》へという旅だった。

　九月半ばの台風が去ったあとの気温の高い晴れ

た日に、二人はバッグを提げて旅行に出掛けた。新幹線の列車に乗ってからも二人は、「いいお天気に恵まれたね」と、何度もいった。

　律子は中学と高校の修学旅行に参加していなかった。一度は、母が病気で入院したからだった。高校のときは自分の体調の変化で、両方とも参加することになっていたのをキャンセルした。

　社会人になってから、同級生だった二人の女性と信州へ旅行した。長野市の善光寺《ぜんこうじ》と松本市で松本城を見て、馬肉の刺し身を食べたのを憶えていた。上高地《かみこうち》へいく予定だったが大雨に遭ったために中止した。それ以外に旅行らしいことをしていなかった。

　律子の話をきいていて道原は、

「一生に一度は、高野山へいってみたいといっている人は多いようです」

と、いった。

「わたしは知識不足だったからでしょうけど、高野山の奥之院《おくのいん》参詣道に入ると、足を進められなくなりました。からだが震えて、歩くのがやっとでした」

　古杉の林立するなかの霊場には、妖気《ようき》がただよっているのを感じたのだろう。そこには名僧や武将の名を刻んだ墓所や墓石が並んでいるが、長年の風雪によって、かたちを変え、文字を消した無縁仏の塔もまじっている。なかには理不尽な死を遂げ、地底でいまも、歯を食いしばっている人もいるにちがいない。

　律子は高野山の奥之院を思い出して胸に手をあてていたが、

「あるときから竹中は、人の好き嫌いが激しいことに気付きました」

「人の好き嫌い……」

道原は首をかしげた。

「テレビを観ていて、『あの人は嫌い』と急にいうことがありました。テレビに映っているタレントで好きな人はいないようでした。それから……」

彼女は、ポケットから小さな花模様のハンカチを取り出すと、鼻にあてて、二、三分黙っていたが、思い出したことがあるといった。

「彼には、絵画を観る趣味があったのを思い出しました」

「ほう。美術館へいくんですね」

「そうです。わたしは一度だけ彼に誘われて、上《うえ》野《の》の美術館へいきました。外国の有名画家の絵画展でしたけど、わたしには展示されていた絵の、よさというか、うまさというかがよく分かりませんでした。それをわたしは彼に正直にいいました。彼は、そうかといっただけで、その後は、わたしが名前だけ知っている画家の展示会がありましたけど、わたしを誘いませんでした」

「竹中さんは、その絵画展を見にいったんですね」

「いきました。キップの半券を広告の裏へ貼っていましたから」

彼女は寂しげな表情をして、目を伏せた。

竹中と律子は、松本市へ転居した。彼が三十二歳の夏のことである。その転居の理由を尋ねた。

「わたしが会社から帰って、夕飯の支度をしようとしていたところへ、紙の箱や器をつくる会社に勤めていた彼が電話をよこして、急に地方へ出張することになったので、今夜は帰れないといいました。たしかわたしは、どこへ出張するのかってききました。すると彼は、大阪だといったような憶えがあります」

　出張だといった竹中は、二晩帰らなかった。帰宅した彼は疲れているといって、夕飯を食べずに寝床に入った。次の日は会社へいったが、帰宅すると、「会社を辞めることにした」といった。

「わたしは、出張先でなにか重大なことでも起きて、それが原因で会社を辞めなくてはならなくなったのではと思い、なにがあったのかをきいたのですが、『あの会社が嫌になった』とだけいいました。その理由をきこうとしましたけど、彼の怒っているような顔を見て、きくのをやめました」

　その後、竹中は半月ほど出勤していたが、帰宅すると、「きょうで辞めた」と、いつものように彼女の顔を見ずにいった。それから、「松本で暮らすことにしよう」と唐突にいった。なぜ松本かをきこうとすると、東京をはなれたくなったので、どこへ移ろうかを考えた結果、松本市がいいと決めた、といった。そんな大事なことを勝手に決めて、と律子は愚痴をいったが、彼はよそを向いて、なぜ松本にしたのかを話してくれなかった。そのとき彼女は、竹中とのあいだを冷たい風が通りすぎたような寒さと、寂しさを感じ、ふと、これから先、知らない土地で暮らしていけるだろうかという不安に胸を囲んだ。

　律子は一度も妊娠しなかった。自分のからだに原因があるのではと疑って病院で診《み》せた。検査の結果、「ご主人のほうに問題がありそうなので、一度診せにくるように」といわれた。それを竹中に話すと、「子どものいない夫婦なんて、世間にいくらでもいるじゃないか。おれは、子どもが欲しいと思ったことは一度もない」と、冷たいいいかたをした。竹中が子ども好きでないのは分かっていた。道で、よちよち歩きの子どもを見かけると律子は立ちどまったが、竹中は見向きもしなかった。地上の子どもより、空を自由に飛びまわっている鳥に目を奪われていた。

律子は両親に、松本市へ転居することを話した。母は、なぜ東京をはなれるのかをきいた。彼女は、竹中の希望なのだとしかいえなかった。

松本では里山辺というところの小さな家を借りた。松本はきれいな街だった。ところどころに水を飲むことのできる井戸があるのを知った。律子はすぐに働くところをさがしたが、竹中はなにを考えているのか、腕組みしたり、ズボンのポケットに両手を突っ込んで、借りた家の付近を歩きまわっていた。

彼女は中心地の規模の大きいホテルへ事務職として採用された。

竹中のほうは彼女より十数日あと、菓子店の工場作業員に採用され、醤油《しょうゆ》のような臭いを着衣につけて帰宅した。食事をしながら、「男がする仕事じゃない」などと不満を口にしていた。いくつか味のちがう煎餅を持ってきたこともあった。律子はそれを、「おいしい」といって食べた。

松本へいってからの竹中は、その前よりも口数が少なくなった。勤め先をあやまったなどといい、本を読んだり、なにかをノートや新聞にはさまってくる広告の裏に書いたりしていたが、松本に住んで一年ほど経ったある日、「ちょっと旅行をしてくる」といった。「店を休むの」と彼女はきいた。「ああ、煎餅屋の仕事は嫌になった」と、よそを向いていった。どこへ旅行するのかときくと、北陸とだけ答えた。なぜ急に北陸へいく気になったのかを彼女がきくと、「あれこれ、いちいちきかないでくれ。おれは独りで考えたいことがあるんだ」と、怒鳴るようないいかたをした。

「分かった。どこへでもいってきて。わたしも勝手にするから」彼女は身のまわりの物を集めた。次の日、ホテルへ出勤すると、離婚して東京へもどることを伝えた。

竹中は、ほんとうに北陸へいくのかどうか分からなかったが、旅行鞄を持って、黙って家を出ていったのだった。

「わたしは、竹中と結婚して、いいことはひとつもなかったような気がします」

律子はそういって、ハンカチを鼻にあてた。それから、音のするようなまばたきをして、道原と吉村を見直す目をした。その目は、竹中智久になにがあったのかをきいていた。

「じつは……」

道原が、竹中の行方不明を話した。八月三十日の朝、富山市内で落ち合うことになっていた人に彼は電話しているが、その場所へ着かなかった。そればかりか、今日《こんにち》まで行方が分からない。もしかしたらあなたには心あたりがあるのではと思ったので訪ねたのだといった。

「彼と別れて何年も経っていますし、別れてからの彼の生活も知りませんので、心あたりなど……」

彼女はそういって首を振ってから、富山市内で落ち合うことになっていたのは女性か、ときいた。

「松本市内に住んでいる女性です」

律子はなにもいわず、鼻にハンカチをあてたままだった。

道原は彼女の顔を見てから、離婚後の竹中がなにをしていたかを知っているかきいた。

「いいえ、まったく知りません。彼からは電話もないし、手紙も。……わたしは彼に一度だけ手紙を送りました。わたしが残していった物はすべて捨ててくださいとだけ書きました。……刑事さんは、最近の彼がどこに勤めていたのかを、ご存じなのでしょうね」

「学習塾を経営しています」

「えっ。学習塾を、経営……」

彼女は口を半開きにした。驚いているのだ。

「学習塾は、松本市内でですか」

「松本市の一等地に二か所。それから岡谷駅前に」

「三か所も。……学習塾の運営を、どなたかから頼まれているのではありませんか」

「いいえ。自分の資金で開設して、講師を雇って」

「信じられません。ムダなお金を使う人ではありませんでしたけど、実家から借りたのでしょうか。学習塾を三か所もといったら、相当な資金が……」

彼女は首をかしげて、三、四分目を瞑っていたが、

「先ほどもお伝えしたように四谷の紙の器や箱をつくっている会社に勤めていたとき、急に大阪へ出張することになったといって、二晩帰らないことがありましたけど、なんとなく様子が変わったのは、そのあとだったような気がします」

と、一点をにらんでいった。

「大阪のどこへいってきたのかをききましたか」

「きいたような気がしますけど、彼ははっきり答えてくれなかったような……」

彼女は、左右に首をかしげた。何年も前のことで記憶が曖昧になっているようだった。

道原はうなずいて、吉村とともにノートにメモした。

彼女は曇った表情をしてなにかを思い出そうとしてか、宙の一点をにらんでいた。

道原は、竹中の友人を知っているかと律子にきいた。

「一人知っています。竹中と高校の同級生で、彼と同じころに東京にきて、会社勤めをしていましたが、いまは金属加工の工場を経営しているということです。その人は、毎年年賀状をくださいます」

下村正俊《しもむらまさとし》といって板橋《いたばし》区に住んでいると彼女はいった。ポケットからスマホを取り出すと、横を向いて電話を掛けた。長野県の刑事の訪問を受けているが、竹中の友人を知らないかといわれた。あなたを思いついたが、電話番号を教えていいかときいた。下村という人は、「どうぞ」といったらしい。

「下村さんとは竹中と一緒に何回も会いました。にこにこして話す真面目な方です。たしかお子さんが二人いらっしゃいます」

下村には道原が電話して、住所をきいた。鉄板でも叩いているような音が電話に入っていた。

2

下村正俊が経営している下村製作所は、板橋区新河岸《しんがし》で荒川《あらかわ》岸の近くだった。灰色の壁の工場からは金属が触れ合う音が外に洩《も》れていた。下村は、四角い顔の小太りだった。作業衣にはいくつもの黒い染《し》みがついていた。

なにをつくっているのかをきくと、大小、あるいは特殊なカメラを取り付ける脚《きゃく》と機材が主だという。

「アマゾンのジャングルで、動物を撮るために何台もの定点カメラを樹木などに取り付ける、その機材。あるいは海岸・海底観測に必要な機材などです」

従業員は十五人だと、下村は微笑を浮かべて説明した。彼の手の指は太かった。

「私は飯田市の出身です。竹中とは高校生のときに仲よしになりました。おたがいに東京へ出てきて会社勤めをしていて、ときどき会ってはビールを飲んだりしていましたが、彼が松本へいってからは、一度も会っていません。二、三回、電話で話しただけでした」

下村は、竹中の身になにかが起こったのかと真剣な目をした。

「竹中さんが学習塾を経営していたのを、ご存じでしたか」

「えっ、学習塾を、経営ですか」

「松本市内に二か所、岡谷市に一か所」

「信じられません。松本へ移った直後は、たしか菓子の工場に勤めているといっていましたが……」

「では下村さんは、竹中さんに学習塾経営の資金を出しそうな人をご存じない」

「はい。知りません。彼が松本へいってからは疎遠になって、どんな暮らし向きなのかも知りませんでした。……意外だ、意外です。学習塾とは」

下村は厚い手を額にあて、その学習塾で問題でも起こしたのかときいた。

道原は、塩谷律子に話したように、竹中は目下行方不明。事件に巻き込まれた可能性があるといった。

下村は口を開け、驚くことばかりだといって身震いした。

「竹中さんは、山登りの趣味がありましたが、それをご存じでしたか」

「それは知っていました。私も、一緒に登らないかと誘われたことがありましたけど、都合がつかないといって断わりました。彼は、登山中に知り合った人と一緒に登っているといったことがありました。松本に住むことにしたのは、登山に便利だからだったと思います」

道原は、下村のほかに親しくしていた人を知らないかときいた。下村は首をかしげていたが、中学と高校で同級生だった女性を一人思い出したといって、目を細めた。

「三枝子《みえこ》という名で旧姓は大谷《おおたに》でした。からだが大きくて、元気のいい人で、同級生からは名を呼び捨てにされて、親しまれていました。彼女は二十歳か二十一のときに、板橋の荒木《あらき》という家へ嫁入りしました。荒木は塗装業です。……私と親しくしているのは三枝子の夫の剛志《たけし》です。彼の祖父は自分のことを看板屋といっていましたが、ＮＵＲＩＥという屋号で、映画館が上映している外国映画の主役の似顔絵を長年にわたって描いていました」

「映画スターの似顔絵」

「私は荒木から祐次郎《ゆうじろう》という名の爺《じい》さんが描いたハリウッドスターの似顔絵のアルバムを、見せてもらいましたが、そのうまさは、びっくりするくらいです。……主に池袋《いけぶくろ》の映画館から頼まれて描いていたようですが、評判が広がっていたらしくて、川崎《かわさき》の映画館からも依頼されていたそうです」

　下村は、祐次郎の描いた絵看板のアルバムを見ているうちに何人かの俳優の名を憶えたといい、天井を向いて、不精髭《ひげ》を引っ張りながら、その名を並べた。

　ジョン・ウェイン、カーク・ダグラス、ゲーリー・クーパー、バート・ランカスター、マーロン・ブランド、モンゴメリー・クリフト、ジャン・ギャバン、エリザベス・テイラー、マリリン・モンロー、オードリー・ヘップバーン、ジェニファー・ジョーンズ。

　そのころ、スターの顔をそっくりに描くのが流行《はやり》だったらしい。

「日本人の俳優はいませんね」

　道原がいった。

「祐次郎に絵を頼むのは、外国映画の上映館だけだったようです」

　中学と高校で同級生だったという三枝子は、東京で竹中と会ったことがあっただろうかと、道原はきいた。

「何回かは会っていたようです。竹中が荒木家を訪ねて、爺さんの遺《のこ》したハリウッドスターの絵のアルバムを見ています。竹中はそのことを私に話したことがありました」

「竹中さんが松本へ移ってから、三枝子さんに会っているでしょうか」

「さあ、どうでしょう。会っていないような気がしますが……」

　道原は荒木家を訪ねることにして、その住所を下村にきいた。そこは大きい住宅団地で有名な高《たか》島平《しまだいら》だった。

その家は二棟に分かれていて、一方の屋根には「荒木塗装」の赤と緑の文字の大看板がのっていた。

入口のドアが半分開いていたのでそこへ声を掛けた。すぐに平たい顔の男が出てきた。その人が荒木剛志だった。

松本署の者だと道原がいうと、

「えっ、松本。なにがあったんですか」

と、目を丸くした。荒木の灰色の作業衣はペンキで汚れていた。彼は、室内をのぞこうとした道原に、「どうぞ」といってドアをいっぱいに開けた。ペンキの臭いのなかで四、五人が作業をしていた。

「奥さんの知り合いの、竹中智久という人のことをうかがいにまいりました」

道原がいうと荒木は隣の建物へ声を掛けた。小窓が開いて女性の顔が半分のぞいた。

勝手口からつっかけを履いて出てきた女性は大柄だ。その人が竹中と中学と高校で同級生だった妻の三枝子。彼女は手拭いをつかんでいた。

道原は、竹中智久の最近のようすを知っていたかを三枝子にきいた。

「いいえ。何年も会っていないし、電話もし合っていません。何年か前に松本へ引っ越したという電話をもらいましたけど。あ、年賀状をいただいたので、返事を出しました。竹中さんになにかあったんですか」

彼女はつかんでいた手拭いをたたんだ。

「八月三十日から行方不明になっているんです」

「行方不明……」

彼女は夫と顔を見合わせた。

「竹中さんは、松本市内と岡谷市内で学習塾を経営していましたが、それをご存じでしたか」

「学習塾。講師でなく、経営ですか」

意外だというふうに彼女は首をかしげた。

「オーナーです」

「どなたかの援助でもあったのかしら」

夫の荒木は電話に呼ばれて作業場へもどった。

「竹中さんの行方不明と、学習塾経営とはなにか関係があるんですか」

三枝子の顔はいくぶん蒼ざめた。

道原と吉村は、「分からない」と首を横に振った。

「思い出した」

三枝子は屋根の上の看板のほうへ目を向けた。

「高校のときの同級生に福田《ふくだ》良子《りょうこ》という人がいました。その人は歌がとても上手でした。東京で歌謡曲のオーディションに応募して、受かって、何年か経ってから、彼女のためにつくられた歌を東京のステージで披露することになりました。梅《うめ》町《まち》美歌《みか》です」

「名前を知っています」

吉村がいった。

「それで同級生だった何人かが連絡し合って、舞台で着るドレスをプレゼントすることにしました。彼女のことは竹中さんも知っていました。ドレスの費用を十人ぐらいで出し合うことにしたので、それを竹中さんにも知らせましたけど、彼からは連絡がありませんでした」

梅町美歌は、ときどきテレビに出て演歌をうたっていると吉村がいった。

「竹中さんは、松本に住むようになってから、離婚しました」

道原がいった。

「まあ。暮らし向きが変わったんでしょうね。それとも、東京にいるときに、生活に変化でも起きて、それで松本へ引っ越したのかもしれませんね」

彼女は、たたんだ手拭いを持ったまま、男のように腕を組んだ。

屋根の上の看板に鳥がとまった。

「こちらのお爺さんは、映画館を飾るハリウッドのスターの似顔絵看板を描いていたそうですが」

道原がきいた。

「はい。上映される映画が代わるたびに、俳優の写真を見て、描いていたそうです。……アルバムがありますが、ご覧になりますか」

三枝子は笑顔になった。

道原と吉村は、玄関から洋間へ招き入れられた。

洋間のテーブルの上には、本や新聞が乱雑に置かれていた。三枝子には、中学と小学生の男の子がいるのだといって、テーブルの上を片付けた。

荒木が微笑して入ってきた。三枝子は三人の前へお茶を出すと、厚いアルバムを三冊抱えてきた。

「祐次郎は、八十歳まで外国の俳優を描いていましたが、目が悪くなったといって、映画で俳優が着ている服の色をまちがえたり、俳優の顔を実際より若く描いたりしてしまったりで、注文主から注意を受けていたそうです」

特に病気をしたことのなかった人だが、五、六日寝込み、八十四歳で目を瞑ったという。

アルバムを開いた。拳銃を手にしたジョン・ウェインの絵が、はがき大の写真になっていた。道原は、ジョン・ウェイン主演の映画を観た憶えはなかったが、顔立ちは知っていた。

ジャン・ギャバンが主演の映画をテレビで観たことを思い出した。「ヘッドライト」というタイトルの、暗くて寂しい雰囲気の映画で、ジャン・ギャバンの相手役の女優の顔が記憶にはりついていたものだった。それを同僚に話したら、フランソワーズ・アルヌールという有名女優だと教えられた。

道原には名前が記憶に残っている俳優がいる。「刑事マディガン」という映画の主役だったリチャード・ウィッドマーク。生涯笑ったことがないような面相の男だ。

それをいうと荒木は、

「爺さんもその俳優を好きでした。絵があるはずです」

といって、アルバムをめくった。

道原は吉村に、知っている俳優はいるかときいた。すると、彼は、映画を観たことはないが、といって、オードリー・ヘップバーンとマリリン・モンローの絵を指差した。

3

道原と吉村は東京出張からもどると、日野絵利香をあらためて署へ招んだ。薄化粧の彼女は実年齢よりいくつか若く見えた。応接用の椅子へ招いたのだが、彼女は腰掛ける前に、窓から外を眺めるような格好をした。

道原はまず、竹中から連絡があったかをきいた。

「いいえ」

彼女は首を振った。寒さをこらえているように手を固くにぎっている。

竹中の自宅を見たか、ときいた。

「いいえ。鍵をあずかっていませんし」

松本署は近日中に竹中の自宅に入って、室内を見ることにしている。

「あらためてうかがいますが、風の盆を見にいくのは、どちらがいい出したんですか」

道原が低い声できいた。

「彼です」

たしか八月の初めごろ、松本市内のすし屋で向かい合っているときに彼がいいはじめた。絵利香も一度は見物したいと思っていたので賛成した。各地から見物の人が大勢押しかけるので、町内の旅館は満室になるらしい、と彼女がいうと、彼は旅館を予約しようといって、スマホで検索していた。旅館が見つかったと彼女にいうと店の外へ出て、電話を掛けた。九月一日に泊まる旅館を予約することができたといった。

彼は、八尾で風の盆を見物することにしてから、立山登山を思いついたようで、登山日程と富山市観光を話した。山歩きしたあと、富山市内を見て歩いたり、八尾へいったりするのは疲れるのではないか、と彼女がいうと、立山登山は日帰りだから大丈夫だといっていた。彼は山歩きには自信を持っているようだった。

道原は、顎をひと撫でしてから、

「竹中さんは、自分から行方不明になったのではないでしょうか」

といった。

「自分から……」

彼女は目を丸くして、刑事がいったことの意味をさぐる表情をした。

「この松本から姿を消したくなったのではないでしょうか」

彼女は、刑事はなにをいうのかという顔をして、道原をにらんだ。

「いかにも他人の力がはたらいたように見せかけるために、八月三十日の朝、あなたに電話して、これからバスに乗るといったのでは」

「自分から……。どうしてでしょう」

彼女は、シャツの襟元をつかんだ。

「いいにくいことですが、外に女性がいるような雰囲気はありませんでしたか」

「いなかったと思います。わたしはぼんやりしているので、気がつかなかったのかも」

彼女は嫌なものでも払うように首を動かして、なぜそんな芝居のようなことを、といった。

「行方不明になりたかったのでは……」

「わたしと別れたかったということでしょうか」

絵利香は手の平を額にあて、学習塾の経営を放り出したとは思えないといった。

道原は、質問の方向を変え、竹中の友人を知っているかをきいた。

「そういえば、彼から友だちの話をきいたことがありませんでした。松葉ぐしへ人を連れてきて食事をしたことがありましたが、それは塾の運営に携わっている方のようでした」

道原は、彼女になにをきくかを考えていたが、あることを思いついた。

「竹中さんは年に何回か山に登っていましたね」

「はい。二、三回は」

「最近、いつ、どこへ登ったかを憶えていますか」

彼女は首をかしげていたが、

「六月に、たしか常念岳《じょうねんだけ》へ登りました。蝶《ちょう》ケ《が》岳《たけ》へ登って、常念へ向かったのですが、その間に、槍ヶ岳や穂高を眺めた。その眺望の美しかったことを、めずらしく二度話しました。気に入った眺めになったので、またそのコースを歩きたいといっていました」

と、宙をにらんでいった。

それは六月の何日か分かるかときくと、下旬だったと思うと答えた。

蝶ヶ岳へは、安曇野側からと横尾からのコースがあるが、どちらから登ったのかを竹中にきいたかと、道原は絵利香の顔に注目した。

「わたしは、高校生のときにクラスの何人かと蝶へ登ったことがあったので、彼に、どちらから登ったのかをききました」

横尾からだったといったという。

道原と吉村は秋晴れの朝、車のフロントに「警察」「緊急」の札をつけて、上高地を通過して横尾へ向かった。徳沢《とくさわ》から先の道はひどく荒れていた。道路の中央を雨が流れて、石をむき出しにしているところが随所にあって、車がこわれそうな音をたてた。道原は吉村に何度か、「歩こうか」といった。吉村は道原のいっていることがきこえていないように、口を固く結んでハンドルをにぎり、唸《うな》るような声を洩らした。

横尾山荘に着いた。前穂の垂直の壁が天を衝《つ》いていた。きょうは槍か穂高へ登らないのか、あるいは下ってきた人たちなのか、梓川《あずさがわ》の流れを見るように川岸に立っていた。

道原は、「しばらくです」と山荘の主人に頭を下げた。

「きょうは、お願いがあってうかがいました」

「ほう、なんでしょうか」

主人は目を細くした。

六月下旬の宿帳を見せてもらいたいといって、食堂へ入った。

主人はうなずくと表紙に六月分と書かれた二冊の宿泊者簿を、食堂の隅のテーブルに置いた。この山荘は二百五十人が収容可能だ。

竹中智久の名を見つけた。住所は松本市里山辺。宿泊は六月二十二日。同行者が二人いた。小金井《こがねい》満造《みつぞう》（四十三歳）＝東京都中野《なかの》区江古田《えごた》。大芝文《おおしばふみ》成《なり》（三十九歳）＝塩尻《しおじり》市洗馬《せば》。各人の電話番号。

三人の登山行程は、蝶ヶ岳→常念岳→三股《みつまた》としてあった。

道原と吉村は、登山届を兼ねている宿泊者簿の記述を写し取ると、主人に礼をいって山荘を飛び出した。梓川に架かる橋を渡ってくるパーティーがいた。屏風《びょうぶ》ノ頭《かしら》には薄い雲がからんでいた。


吉村の運転で腸がよじれそうな揺れをこらえて、上高地へ下り着いた。河童橋《かっぱばし》の脇からしばらく梓川の流れの音をきいていた。赤や青の大型ザックを背負った男女が、橋の中央で写真を撮り合っていた。


署に着くと、ノートのメモにあらためて目をあてた。横尾山荘の宿帳に記された電話番号は、日野絵利香からきいていた番号だった。その番号へあらためて掛けてみたが、電源が切られたままだった。現在の竹中がどこでどうなっているのか、霧のなかへ消えたように謎のままである。

次に、小金井満造の番号へ掛けた。ケータイの番号だ。呼び出しているが応答がなかった。ケータイをどこかに置いて、そこからはなれているということなのか。道原は、チリチリと鳴る電話器を、見つめている男の影のような黒い姿を想像した。

　道原は首をかしげながら、塩尻市の大芝文成の番号に掛けた。呼び出し音が六回鳴ってから、女性の声が、「もしもし」といった。相手の反応をうかがっているような密《ひそ》やかな声である。

「大芝さんのお宅ですね」

「そうですけど」

　ささやくような小さな声だ。

「こちらは、松本警察署の道原という者ですが、大芝文成さんはいらっしゃいますか」

「大芝は亡くなりました」

「えっ、お亡くなりになった。ご病気でもなさって……」

「川に突き落とされたのだと……」

　女性の声は震え出した。

　川に突き落とされてとは、殺されたということではないのか。道原は驚いたといって悔みを述べてから、

「奥さんですか」

ときいた。

「家内です」

　道原は呼吸をととのえると、あすにでもそちらへうかがいたいが、都合は、ときいた。

「ずっと家にいますので……」

かすれてしぼんでいくような声で電話は切れた。

道原は、課長と吉村に、いまの大芝の妻がいったことを伝えた。

「川に突き落とされたとは、重大事件じゃないか」

　課長は目を丸くした。

道原は、塩尻署の刑事課へ電話した。中島《なかじま》とい

う刑事が応じて、

「伝さんじゃないか」

と、張りのある声を出した。三年前まで安曇野署で一緒だった大柄な男だ。自宅はたしか松本空港の近くだときいていた。

道原は、たったいま、塩尻市洗馬の大芝文成のケータイの番号へ電話を掛けたところ、妻が応じて、文成は川に突き落とされたといわれたことを話した。

「大芝文成は七月六日、奈良井川《ならいがわ》の河岸にからんでいるところを発見されたんだ。前の日の晩に家へ帰ってこなかったんで、奥さんが署へ相談にきていた。奥さんが署にいるうちに、河岸を歩いていた通行人から通報が入ったんだ」

道原はあした塩尻署へもいくことにした。

彼はノートに書いたメモを見直した。六月二十二日に、竹中智久、小金井満造、大芝文成の三人は、横尾山荘に泊まって翌日、森林帯のコースを蝶ヶ岳へ登った。山頂から安曇野を見下ろし、振り返って、槍や穂高の鋸歯状《きょし》の山脈を、しばらく眺めたにちがいない。

その三人のうち一人が立山の室堂から姿を消し、別の一人は奈良井川で溺死した。

道原は、もう一度、小金井満造の番号をプッシュした。電話は持ち主を呼んでいる。が、応答がない。住所は東京の中野区江古田だ。その住所の所轄は警視庁野方《のがた》署。野方署へ電話して、横尾山荘の宿泊者名簿に記入した住所に、小金井満造という人物が住んでいるかの確認を依頼した。

4

　野方署からは小金井満造の住所確認に対する回答があった。

　小金井は、家族とともに六月二十七日に引っ越した。転居先は不明だという。家族は妻だけだ。彼は約十年、借家に住んでいた。入居当時は会社勤めだったらしく、毎朝決まった時間に自宅を出ていったが、二、三年経ったころからそれが不規則になった。家主が彼の妻に夫の職業をきいた。すると警備保障会社に勤めていると答えた。妻は中野区役所近くの会社に勤めていた。転居と同時に妻は会社を退職していた。

　野方署は転居先を公簿によって調べたが、不明だったと返事をよこした。戸籍簿を見ると、小金井満造の出生地は長野県北安曇《きたあづみ》郡池田町《いけだまち》。

　道原と吉村は、塩尻署の刑事課で中島に会った。身長一八〇センチの中島はノートを抱えてのっしのっしと小会議室へ入ってきた。道原と中島は、

「しばらく」といい合った。

「少し太ったんじゃないか」

　道原がいった。

「そういわれると思った。家内からは、毎晩ビールを飲むからだといわれている」

　中島と道原は同い歳《どし》の四十六歳だ。中島には大学生の長男と高校生の娘がいる。

「比呂子ちゃんは、高校を卒業したのか」

　中島がきいた。

「二年生だ。大学へいくっていってるけど、受かるかどうか」

道原はそういって、ポケットからノートを取り出した。大芝文成の死亡について話し合うために向かい合った。

大芝は、塩尻市内の精密機器メーカーの社員だった。登山好きで、毎年二回は北アルプスにも南アルプスにも登っていた。山を歩くだけでなく写生をしていた。山から帰ると山でスケッチした絵に色を付けていた。彼の絵は額に入って、市役所の廊下に飾られているという。

「大芝は、七月五日の夜、誰かと食事をすると自宅へ電話しているんだ。奥さんは午前二時ごろまで起きていたが、大芝は帰ってこなかった。それまでも外で食事をすることはあったが、八時か九時ごろには帰ってきていた」

しず江《え》という妻は子どもを学校へ送り出すと、警察署へ相談にいった。かつてなかったことだと、夫のことをいった。

刑事課長と中島がしず江に会い、大芝はだれと食事をするといったのかをきいた。

『名前はききませんでした。主人はただ、「友だちと飯《めし》を食うから」といっただけでした』と答えた。珍しいことではなかったので、だれと会うのかをきかなかったという。

課長は、『いいにくいことだが』と前置きして、大芝には親しくしている女性はいたかときいた。すると妻は首をかしげ、『そういう人はいなかったと思います』と、小さい声で答えた。

しず江の相談にのっている最中に一一〇番通報が入った。中山道《なかせんどう》沿いのやがて犀川《さいかわ》に名を変える奈良井川の河岸を歩いていた男性が、『川に人のようなものが浮いている』と電話をよこした。パトカーが駆けつけた。草の生えた川岸にからんでいたのは大人の男性で、死亡していた。もしやと考えて、収容した遺体をしず江に見せた。彼女は悲鳴をあげて膝をついた。夫の文成だったのだ。

遺体は松本の大学へ運ばれ、解剖検査された。その結果、飲酒はしていたが死因は溺死だった。背中には棒のような物で殴られたと思われる鬱血痕が認められ、他殺と断定した。背中を強打されたあと川に突き落とされた可能性が考えられた。遺体発見時から逆算され、死亡は七月五日の午後八時ごろと推定された。

大芝は穏やかな性格の男だったとしず江はいった。つまり人と争いごとを起こすような性格ではなかった。酒を飲むが強いほうではなく、自宅で飲んでいるうちに眠ってしまうことも少なくなかった。

塩尻署は、七月五日の夜、大芝と一緒に食事をした者をさがした。食堂や小料理屋のような店を片っ端から聞き込みした。その結果、大芝が勤務先の同僚と何度も食事をしたことがある小料理屋を見つけた。しかし、七月五日に彼はきていなかった。すると彼は、その夜、利用したことのない店で飲食したことが考えられた。その店は奈良井川からそう離れていないところだろうと見当をつけて聞き込みをつづけた。食べた物が主に肉だったことから焼き肉店か焼き鳥の店に注目した。

大芝が遺体で発見された地点から約二キロ上流で、河岸から約二〇〇メートルはなれたところの焼き肉店の主人と従業員に、しず江から借りた大芝の写真を見せたところ、女性従業員が、見覚えがあるといった。それはいつだったかをきくと、七月の四日か五日だったと思うと答えた。その従業員の記憶だと大芝らしい客は、レジの背中に近い席で中年の男と向かい合ってビールを飲みながら肉を焼いていた。大芝の相手の男は焼酎の水割りを飲んでいたような気がするといった。その男を見れば分かるかと捜査員がきくと、そう長く経っていないので分かると思うといった。それまでに店へきたことのある男だったかをきくと、それは憶えていないといった。

その男の体格をきくと、女性従業員は、身長は一六五センチぐらいで、丸顔の小太りだったと思うといった。服装をきいた。彼女は思い出せないようだった。つまりその中年男は目立つような服装をしていなかったのだ。

女性従業員が答えた男の特徴を、しず江にきいたが、だれなのかは分からないといった。

捜査員は、大芝が勤務していた北沢精密《きたざわせいみつ》の社員に、心あたりをきいた。会社の同僚や会社へ出入りしている業者でないことだけは分かった。

捜査員は、しず江から大芝のアルバムにあった写真を借り、それに写っている男性のなかに、彼と一緒に焼き肉を食べた人がいないかを女性従業員にきいた。彼女は、『いないような気がします』と答えたという。

道原と吉村は、自宅にいるしず江に会った。

「せまいところですが、どうぞ」

痩せていて胸の薄いしず江は、二人の刑事を座敷に招いた。部屋の隅には小型の書棚が据わっていて、隙間がないほど本が挿し込まれていた。次の間には仏壇があった。刑事はそこへ手を合わせた。

しず江は体調をくずしているらしい。顔色は蒼いし、髪は乱れていた。夫に死なれた哀《かな》しみを背負いつづけているようだ。

「お子さんは」

道原は塩尻署で家族構成をきいていたが、やつれた顔の妻にあらためてきいてみた。

「中学と小学生の男の子がいます」

彼女は答えてからハンカチを鼻にあて、

「けさも、上の子から、お母さん、元気出しなよっていわれました」

と細い声でいった。

「大芝さんは、どんな方でしたか」

「おとなしくて、真面目でした。わたしにも子どもたちにもやさしくて、話すときはにこにこして……」

彼女は口をふさいだ。ハンカチのなかで、

「登山と、絵を描くのが好きで、休みの日は子どもの勉強を見たり、一緒に遊んでいました。そういう人を、殺すなんて。……大芝がなにをしたのでしょうか。人を傷付けたことでもあったのでしょうか」

彼女の震える声が少し大きくなった。そして頭を振り、

「死にたいくらい、哀しい」

と、悲鳴のようにいって、畳に顔を伏せた。

道原はノートに目を落とした。大芝文成はあと三日で四十歳になる人だった。

「七月五日の夜、大芝さんが一緒に食事をしたのは、友だちでしょうか」

顔を起こしたしず江に道原はきいた。

「友だちなら主人は名前をいったと思います」

そうだろう。道原は大芝の友人をきいた。しず江は二人の名を挙げた。その二人には塩尻署の捜査員があたっている。

「奥さんは、小金井満造という人をご存じですか」

「知りません」

「大芝さんは、その人と、竹中智久さんという人との三人で、今年の六月二十二日に横尾山荘に泊まって、蝶と常念へ登っていました」

「はい、たしかに六月に、蝶と常念へ登りました。主人から竹中さんのお名前はきいていましたけれど、もう一人の方のお名前もきいたと思いますが、忘れました。それは、どういう方ですか」

　東京の中野区に住んでいて、警備保障会社に勤めていた期間があったらしいが、今年の六月、家族とともに引っ越し、転居先は分かっていない。歳は四十三歳だといった。

「警察が調べても引っ越し先が分からない。どうしてでしょうか」

　しず江は蒼い顔を道原と吉村に向けた。

「転居したところへ、住民登録をしていないということでしょう」

　道原たちは付近の引っ越し運送業者をあたったが、小金井の家財を運んだ業者は見あたらなかった。小金井はたぶん、レンタカーを利用したものと思われる。

「竹中さんは、松本市内にお住まいで、学習塾を開いていらっしゃると、主人からきいていましたし、主人が事件に遭ったのを知って、ここへきてくれました。主人の事件を、なぜだろうといってさかんに首をかしげていました」

　道原は、しず江の顔を見直してから、その竹中智久は、目下、行方不明だといった。

　彼女は胸に手をあてた。

「行方不明とは、どういうことなんですか」

彼女は身震いしてから少し高いところへ視線を投げた。

道原は、竹中の姿が消えた朝のことを話した。

「十日以上にもなるのに……」

しず江はいうと急に背筋を伸ばし、小さい声で、

「竹中さんは八月三十日の朝、室堂でいなくなった。大芝は七月五日の夜、だれかに背中を殴られ川へ突き落とされた。六月に一緒に山に登った三人のうちの二人が、事件に巻き込まれた。一人は住所が不明」

と、呪文をとなえるようないいかたをした。

5

出勤した三船課長は、シマコの淹《い》れたお茶の大きい茶碗を持ったまま、

「へんだな、へんだ」

といって、道原の席の前をいったりきたりした。課長は、道原と吉村が席にすわっていると落着けないらしい。けさは署長からなにかいわれたのかもしれない。

松本市内と岡谷駅前で学習塾を経営している竹中智久という四十歳の男が、八月三十日の朝から行方不明になっているのに、どこからも竹中に関する情報が入ってこない。

道原と吉村にはやることがないわけではない。きょうは市内里山辺の、竹中の住まいの家宅捜索をすることにしている。交通整理が必要になるかもしれなかったので、交通課員を何人か出してもらうことにした。その交通課からの連絡を待っていたのだ。

「二名いかせますので、よろしく」

交通課長から連絡があったので、道原と吉村は椅子を立ったが、道原は気付いたことがあったので、シマコを同行させることにした。

刑事課の三人が乗った車は、交通課と鑑識課の車を追った。

竹中智久が独りで住んでいたのは、二部屋に台所という小ぢんまりとした平屋である。

家主を呼んで、玄関のドアを開けてもらった。屋内へ一歩入って、鼻を動かした。気になるような匂いはしなかった。

靴箱には黒い紳士靴と白いスニーカーが入っていて、上がり口には緑色のスリッパが二足並べられていた。上がって右が台所で、左側が六畳二間。上がったところに新聞紙が一〇センチばかりの高さに重ねてあった。二つの部屋には観音開きの洋服簞笥《だんす》が立っていた。道原が簞笥を開けた。セーターや厚手のジャケットが積んであり、グレーと紺のコートが吊《つ》ってあった。引き出しのなかは下着類だ。

シマコが部屋を見まわした。

「きれいにしていたのね」

この家へは日野絵利香が何度も訪れていたようだが、女性の着衣らしい物は見あたらなかった。

奥の部屋の隅には小さな机があって、その上に本が十冊ばかり積まれていた。歴史、旅、医療の書籍だった。

押入れのなかは布団や毛布の類で、それは夏物、冬物に分けて積んであった。衣裳箱のなかも点検した。箱の底に二枚の便箋が二つ折りになっていた。黒のマジックペンで書いたらしい大きい文字が並んでいた。

「なんだ、これは」

刑事と鑑識課員は二枚の便箋を畳の上に置いて、文字を読んだ。

「高級車に乗るな
目立ったことをしない
家を建てるな
海外旅行をするな
繁華街などの高級店で飲食をしない
女の前で金の話をするな
妻を遊ばせておかないこと
職業に就くこと。誠実に働くこと
高価な物を身につけるな
現金を銀行にあずけるな
警察官を近くで見ても、逃げるような格好をしないこと」

「訓戒だな。なんのためだろう」

道原がつぶやいた。

「警察官を近くで見ても、か……」

吉村だ。

「倹約をすすめているけど、現金を銀行にあずけるなとは……」

シマコが腕組みした。

鑑識は、これをあずかるといって、持参したケースに収めた。

「天井裏と、床下を検《しら》べてくれ」

道原が指示した。

天井板をはがすことを家主に断わった。

「天井裏と床下をって、なにかを隠しているんじゃないかっていうんですか」

七十代ぐらいの家主は警官の顔をにらんだ。

「その可能性が考えられる物が見つかったんで

す」

道原が答えた。

若い鑑識課員が天井裏を這ったが、なにも見つからないといって、蜘蛛の巣の糸を帽子に付けて下りてきた。

玄関の上がり口から床下へもぐり、縁の下を懐中電灯でさぐった。何か所かを撮影した。

「なにも見つからなかったけど、だれかが床下へ入った痕跡がありました」

土の上にいくつかの足跡があったのだ。なにかを隠していたが、なにかの事情で持ち出したのではないかと思われた。

「訓戒に、現金を銀行にあずけるなとありますが……」

吉村がいった。

道原は声を出さず強くうなずいた。


床下へもぐった者がいたらしいが、それは竹中智久だったとは断定できない。それで、竹中が入居する前に住んでいた人を家主にきいた。

その人は尾形直人《おがたなおと》という当時三十代の会社員で、妻との二人暮らしだった。転勤になったといって、東京へ引っ越したという。

何年間住んでいたのかを家主にきくと、勤務先だった松本市内の精密機器会社を教えた。

その会社へは電話で尾形の転勤先をきいた。彼は東京の本社勤務になったのだった。

本社へ電話した。二分ばかり待たされて尾形が応じた。

「あなたは、八年ほど前に松本市里山辺に住んでいましたね」

道原がきいた。

「住んでいましたが、警察が、なにか」

早口で話す男だった。

道原は、住んでいた家の床下へもぐり込んだことがあったかときいた。

「えっ、床下へ。床下になんか用もないのに、もぐり込んだりしません。なぜ、そんなことをおききになるんですか」

「床下の土の上に、足跡があったので、もしかしたら、あなたの足跡だったのではと思いました」

「私は建って間もないあの家を借りました。足跡はあの家を建てた大工さんのものでは」

そうかもしれない。失礼なことをきいて申し訳なかったといって電話を切った。

床下へもぐり込む人などめったにいないだろう。畳をめくり、床下へもぐるという行為は、部屋に置いておくことのできない物の隠し場所にそこを選んだとしか思われない。なにを隠したのか。なにかを隠したのは竹中智久だろうという気がする。それは、ときどき泊まっていった絵利香の目にも、触れさせたくなかった物だったにちがいない。竹中はいつの日かそれを持ち出したのではないかと思われる。どこかへ移しかえたか、だれかにあずけたのか。それとも用済みになったので捨てたのか。

床下を丹念に検べたが、足跡が五つ六つあっただけで、隠したと思われる物体を置いた地点も、物体のかたちも不明だった。鑑識課員は、敷ものをして、その上になにかをのせた可能性がある、と推測をいった。

道原は、訓戒のような書き物をもう一度読んだ。「現金を銀行にあずけるな」と、「警察官を近くで見ても……」の二句が頭の奥に焼き付いた。


署にもどると、訓戒のようなものを書いた二枚の便箋から指紋を採取した。そしてその便箋を元の場所に返した。

　便箋のコピーを持って、松葉ぐしにいる絵利香に会いにいって、竹中の住んでいた家のなかを検べたことを話してから、訓戒らしきものを読ませた。

「戒めのようですけど、へんなことも書いてありますね」

　彼女は首をかしげた。

「あなたがへんなことと思うのはどれですか」

「警察官を近くで見ても、逃げるような格好をしないこと、です。なんだか、悪いことでもして、隠れている人みたいではありませんか。……それと」

　彼女は胸に手をやった。

「それと……」

「女の前で金の話をするな、です」

「竹中さんは、親しい人か仲間というような人を、この店へ連れてきたことがありますか」

「一緒に食事にきたのは、塾の関係者だけだったと思います」

「あなたは、竹中さんの友だちを知っていますか」

「知りません。彼はわたしに、他人のことを話したことはなかったと思います」

「この訓戒のようなものは、竹中さんが書いたものですか」

「ちがいます。彼は字が下手です」

というと、だれかが書いて竹中に渡したのか。なんとなく高いところから、「いいつけを守れ」と命じているようだ。

　道原は「訓戒」と竹中の生活《くらし》を比べてみた。

彼は、国産では高級車の部類に入る車に乗っている。家を建ててはいないが、学習塾を三か所で開いている。塾経営者という職業に就いているが、給料生活者ではない。彼は独身で、小ぢんまりとした貸屋に独りで住んでいて、一見地味な暮らしに見える。

「時計とかアクセサリーとか、高級品を身につけていますか」

「いいえ、腕時計は、国産のかなり古い物です」

「海外旅行はしているようですか」

「わたしと知り合ってからは、海外へはいっていません。そういえば、彼から海外旅行をしたときいたことはなかったと思います。いつも話題にするのは、山登りの思い出でした」

「好きな山があるようですか」

「白馬です。白馬三山を何度も縦走しているようです」

竹中の取り引き銀行をきくと、個人取引の銀行は知らないといった。修好舎の取り引き銀行はN銀行の松本中央《ちゅうおう》支店だった。

署にもどると二人の鑑識課員が三船課長と話し合いをしていた。

「竹中が住んでいた家を、もう一度検《み》るそうだ」

課長が道原と吉村にいった。

竹中が住んでいた家の捜索を終えて帰署した鑑識課員は、屋内を撮ったビデオを何人かとともにあらためて見直した。すると課員の一人が、奥の部屋の中央部がいくぶん盛り上がっているように見える、といった。そういわれて目を凝《こ》らすと、たしかに奥の部屋の中央部がわずかだが盛り上がっていることが分かった。家宅捜索のさいにはそれに気付かなかった。それは畳を踏んで真上から屋内を見ていたからだと反省した。

道原と吉村は、再度鑑識課の車を追って、竹中が住んでいた家の前へとまった。隣家の主婦が赤ん坊を抱いて出てくると、不安げな表情をした。

また家主を呼んで、玄関を開けてもらった。

「二度も家のなかを見る。気になる物でも見つけたんですか」

家主は解錠した鍵をぶらぶらさせた。

「両方の部屋の畳を上げます」

作業衣の鑑識課員が二人、手前の畳の端に千枚通しを刺し込んだ。わずかに埃《ほこり》が舞った。畳の下には新聞紙が敷いてあった。

二枚目の畳を上げた。新聞紙はぎっしりと敷いてあった。

奥の部屋の畳も上げた。敷かれている新聞紙を一枚ずつはがした。すると紙幣が二枚、こぼれるように落ちた。敷かれていた新聞紙を入念に検べたが、紙幣は二枚だけだった。

「本物かしら」

シマコだ。

「匂いを嗅いでみろ」

道原がいった。

一枚を拾い上げて匂いを嗅いだのは吉村だった。彼は紙幣を透かしてみたりした。本物だというようにうなずいた。

家主は首をかしげて、玄関の土間にすわり込んでいた。

撮影が終わると、元どおり畳を敷き直した。目下、行方不明だが、現金の持ち主は竹中智久だろうから、手を付けられない。

「なぜ紙幣が二枚あったのでしょうか」

吉村はノートを手にして道原にいった。

「大金を隠していたんじゃないかと思う。その金をバッグにでも詰めるさい、二枚だけが新聞紙のあいだにはさまっていたので見落としたんじゃないか」

大金を銀行にあずけずに住まいの畳の下に敷いていた。つまり、あずけることのできない性質だったので、隠していたということではないか。

「竹中さんが入居するさい、畳を新しくしましたか」

土間であぐらをかいている家主にきいた。

「いいえ、替えていません」

警察の許可なくこの家に入らないことと、竹中がもどってきたらすぐに連絡をしてくれと家主にいいきかせた。

第三章　記録

1

　池田町は安曇野市の北である。晴れた空の下で常念岳や大《お》天井《てんしょう》岳が眺められた。小金井満造の実家は父親の弟の唯一《ただいち》が継いでいた。高瀬《たかせ》川の流れの音がきこえる畑のなかの一軒屋だった。農家である。丈の低い青垣に囲まれた庭に入ると犬が吠えた。玄関の前に守衛のように白い犬が立っていた。犬の声をきいてか小太りの女性が出てきた。

　道原が名乗って、小金井満造のことをききにきたというと、唯一の妻らしい女性は家の裏のほうへまわった。彼女の姿が消えたところには大きい柿の木があって、まだ青い実がぎっしりと生《な》っていた。

　陽焼け顔の唯一は帽子を脱いで、「ご苦労さまです」といって腰を折った。丸顔の中背だ。

　唯一は、軒下の床几《しょうぎ》に二人の刑事をすわらせた。

「満造さんは、東京の中野区に住んでいたが、六月の下旬に引っ越しされた。現在どこに住んでいますか」

　道原がきいた。

「引っ越しするという電話はありましたが、それきりなんの通知もありませんので、新しい住所は分かりません」

「なぜ新しい住所を教えないのでしょうか」

「それも分かりません」

「満造さんの家族をご存じでしょうね」

「女房だけです。子どもはいません」

「この付近、いや、松本もふくめて、満造さんの知り合いや親しくしていた人はいますか」

「知りません。満造は幼い頃に東京へいきました。そのあと四、五年は、年に一回か二回帰ってきて、一泊していきましたが、その後は、三年か四年おきぐらいに顔を見せるだけになりました。結婚したときも知らせないで、一、二年経ってから、女房を連れてきました」

「最近立ち寄ったのは、いつでしたか」

「三年、いやもっと経っています。四、五年ぐらいは顔を見ていません」

「今年の六月二十二日から翌日にかけて、蝶ヶ岳から常念岳へ三人で山行《さんこう》をしています」

「そうですか。連絡がないので、知りませんでした。以前から山にはときどき登っているようでした」

「同行者は、松本市の竹中智久と塩尻市の大芝文成という人です」

竹中と大芝の名をきいたことがあるかときいたが、知らないという。

道原はポケットから取り出したノートを開いた。

「妙なことが起きているんです」

「妙なこと……。まさか事件では」

「竹中という人は、八月三十日の朝、立山の室堂から姿を消して、いまも行方不明です。……大芝という人は、それよりずっと前の七月五日の夜、塩尻市内の店で中年男性と食事をしたあと、背中を強打されて、川へ突き落とされて亡くなりました。六月に三人で山に登ったうちの二人が、事件に遭っているんです」

「二人が……」

唯一は、首を左右にかしげてつぶやいた。

「満造さんは、唯一さんに転居先を知らせていない。なぜでしょうか」

唯一は目を瞑った。満造の顔や姿を頭に浮かべているのだろうか。

満造は、親類に転居先を教えていない。教えたくない事情があるようだ。それとも唯一は、現住所を知っているが、それをだれにも教えないことにしているのか。

「満造さんの写真がありますか」

「何年も前に撮ったものなら」

「それで結構ですので、貸してください」

唯一は立ち上がると、犬の頭をひと撫でして玄関へ入った。

「満造の現住所を、ほんとうに知らないようですね」

吉村がささやくようにいった。

唯一は、満造の写真を二葉持ってきた。五年ぐらい前のものだといった。

一枚は麦藁《むぎわら》帽子をかぶって畑の中に立っていた。一枚は柿の木に手を掛けて微笑《ほほえ》んでいる。その足元にはニワトリが一羽入っていた。目が細く頬が丸い。背は高いほうではなさそうだが、肩幅が広い。身長はどのぐらいかを唯一にきくと、

「私と同じぐらいで、一六五センチ程度です」

といった。

二葉の写真を借りていくことにした。

妻がお茶を運んできた。彼女の後ろを白い犬が追っている。

「刑事さんに、満造の住所をきかれたが、答えら

れない」

唯一は妻にいった。妻は丸盆を胸にあててなにもいわずに立っていた。

「こちらのお子さんは」

道原がきくと妻が、娘と息子だといって、

「娘は町役場に勤めています。息子は会社員です」

と、やさしげな声で答えた。

道原は、竹中智久の住居には現金が隠されていたらしいことは話さなかった。

署にもどると、道原は署長室へくるようにといわれた。どこの署も署長室は一階の奥にある。なぜ一階かというと、来客が多いからという事情なのだ。

署長室には三船課長がいた。二人とも渋い顔をしている。

「竹中智久の住まいを、二度にわたって捜索したことがマスコミにバレた」

署長がいった。

「現金が隠されていた可能性があることを、発表すべきかどうかを、話し合っていたところだ」

課長だ。

「二枚の紙幣は、本物でしょうね」

道原がきいた。

「本物だ。銀行の人に見てもらった」

どれほどの金額かは不明だが金を所持していることを知られたくないので、銀行にあずけず隠していた。これは犯罪の匂いがする。

これまでに発生した多額の強奪事件が頭に浮かんだ。博多《はかた》、神戸、大阪、東京の赤坂《あかさか》などでの事件で、未解決がある。

「屋内から二万円が見つかったことは発表しないことにしよう。なぜ彼が行方不明なのかは分からないが、竹中は自宅にもどってくるかもしれない。そうしたら、畳の下に現金を隠していたのかをきく。銀行へあずけていない理由をきかなくてはならない」

署長がいった。

マスコミに対しては、何日間も不在だと分かったので、犯罪に巻き込まれた可能性を考慮して屋内を検た、とだけ発表することにした。

「納得しないとは思うが、もう少しのあいだ、現金がしまわれていた可能性があることは発表しないでおこう」

署長は、課長と道原の顔を見ていった。

道原と吉村は塩尻市洗馬へ飛んだ。塩尻署に教えられていた焼き肉店を訪ね、女性従業員に小金井満造の写真を見せた。七月五日の夜、大芝文成と一緒に食事した男ではないかを尋ねた。

二十歳そこそこの女性従業員は、細い指で写真をつまんでじっと見ていたが、

「似ているような気がします」

と、二か月あまり前の記憶を語った。彼女がなぜ大芝文成らしい男と一緒に食事をした客を、うすうすだが憶えているのかをきくと、

「歳上のほうのお客さんは、ビールを飲んでいたとき、グラスを取り落として割りました。それから焼酎に切り替えたんですが、たしか二杯目の焼酎のグラスも、床に落として、割ってしまいました。そういってはなんですけど、からだのどこかを病んでいる方ではと思ったのを思い出しました」

二度も酒のグラスを取り落とす客は珍しい。その客は小金井満造だろう。彼は肉を焼き、酒を飲みながら山行の話でもしていたのだろうが、心はよそを向いていた。大芝文成をどこでどうやって始末しようかを考え、緊張で手が震えていたのではなかろうか。

　大芝は背中を棒のような物で強打されて倒され、そして奈良井川へ突き落とされた。焼き肉店で食事を終えて外に出ると小金井は、川岸の道路の端や家々の軒下に目を配った。大芝を殴り倒すことのできそうな物をさがしながら歩いていたにちがいない。小金井の手は震えていた。手だけではなかろう。悪寒におそわれているように全身が震え、がくがくと顎も鳴っていた。と道路の端に野球のバットのような木の棒が落ちていた。彼の目に木の棒は、「これをつかめ」と呼び掛けているように映った。それを彼は拾い上げると、即座に、大芝の背中に力一杯叩きつけた。大芝のほうは、殴りつけられることなど露ほども想像していなかったろう。来年の雪解けを待って、また北アルプスの岩峰《いわみね》に登ろうと話し掛けていたのかもしれない。

「竹中は、大芝が殺害されたことを報道で知って、大芝の家へ駆けつけた。そのとき大芝の妻に、犯人はどういう人かと見当をきいたでしょうね」

　吉村が道原にいった。

「きいただろう。だが七月五日の大芝は、だれと食事をするのかを妻にいわなかったので、分からないと答えたと思う」

　七月五日の夜、大芝と一緒に食事をしたのは小金井満造にちがいなさそうだ。が、小金井が大芝を殺害したという証拠は挙がっていない。小金井は中野区の住所から転居しているが、転居した先はいまのところ不明だ。その点からも、大芝殺しの犯人は小金井だろうと見られてはいる。

　長野県警は警視庁に、中野区かその周辺にトラックを扱っているレンタカー会社があるか。あれば、住所が中野区江古田の小金井満造に六月二十七日前後にトラックを貸し出した事実があるかの調査を頼んだ。引っ越し業者に家財運搬を依頼しなかったとも考えられたからだ。警視庁は、全国のレンタカー会社を把握しているので、調査には大して時間はかからないはずである。

　その調査に対しての回答は翌日にあった。が、六月二十七日前後に小金井満造にトラックを貸し出した記録はないという。

「小金井満造はレンタカーのトラックを借りていない」

　道原は腕を組んで首をひねった。しばらく身動きしなかったが、警視庁野方署へ電話した。小金井が住んでいた家の付近に防犯カメラが設置されているかをきいた。

「そこは住宅街で、五年前と三年前に、空き巣狙いの被害が発生していました。したがって防犯カメラは何か所にも設置していますし、自宅の庭に設置している家もあります」

　地域課の係長が答えた。

　道原は、六月二十七日とその前後のカメラの映像を見たいといった。

　その要請に応えて映像が送られてきた。六月二十七日の映像に青いトラックのフロントが入っていて、その車の周りを三十代後半に見える男が行き来していた。べつのカメラは青いトラックを何メートルかはなれた位置から捉えていて、高い塀のある家の横にはグレーの乗用車がとまっていた。

カメラはその乗用車のナンバープレートも捉えていた。

道原は、その乗用車のナンバーをメモした。ナンバーの地域は「世田谷区」だ。警視庁にそのナンバーを伝え、車の所有者を調べてもらった。回答はすぐにあって、住所が世田谷区上北沢《かみきたざわ》の寺下《てらした》哲彦《てつひこ》・三十八歳と判明した。その人の戸籍を調べてもらったところ、小金井満造の妻富貴《ふき》の弟だと分かった。

寺下哲彦がトラックを調達していることが考えられたので、レンタカー会社への照会を頼んだ。

該当があった。寺下哲彦は六月二十六日に渋谷区内のレンタカー会社・エイアイオートサービスから六トントラックを借り、目的地を名古屋と記入して、六月二十八日に返していた。走行距離は五七一キロ。東海道方面なら静岡県浜松《はままつ》市あたり、上越方面なら長野県飯山《いいやま》市あたり、東北方面なら福島県郡山《こおりやま》市あたりではないかとみられた。つまり名古屋まではいっていないということである。

小金井満造と妻は、東京の中野区から往復約五七〇キロの土地へ転居した。だが住民登録をしていない。つまり住所を隠している。隠れて住んでいなくてはならない事情があるのだろう。

転居してから小金井は、塩尻市の大芝文成に会いにいったもようだ。小金井は、大芝の勤務先を知っていた。六月には竹中を加えた三人で、蝶と常念に登っている。その前夜、宿泊した横尾山荘で、大芝に勤務先をきいたのだろうか。

道原は、小金井の行動が分かっている日を追ってみた。小金井が、竹中智久と大芝文成と一緒に横尾山荘に泊まったのは六月二十二日だった。蝶、常念への山行を終えて帰宅し、その疲れが治ってはいなかったはずの六月二十七日に転居している。山行の疲れが抜けきっていなかったが、彼には往復約五七〇キロの土地へ転居しなくてはならない事情が発生したのだろう。六月二十七日に転居する計画は前まえから立てていたのではなくて、下山直後に思いついたのではないか。あるいは山中を歩いているあいだに思い立ったのかもしれない。

　引っ越しを終え、そう何日も経たないうちに、大芝に会いにいったらしい。勤務先にいる大芝に電話して会う約束をしたのか、それとも勤務を終えて会社を出てくるのを待っていたのか。「この近くに用事があってきたので、大芝さんを思いついた」とでもいったのではないか。

　この時点では小金井は東京に住んでいると大芝は思っていたにちがいない。東京からわざわざ食事を一緒にするためにくるはずはないので、大芝は、「仕事かなにかですか」ときいたものと思われる。小金井は、うまいことをいって、大芝を食事に誘ったのだろう。

　大芝の妻は、小金井をよくは知らなかった。六月に一緒に山に登るのは竹中と竹中の友人だとだけきいていたようだ。大芝が小金井と知り合いになったのは竹中の紹介らしい。三人は横尾山荘で、ビールでも飲みながら、過去の山行経験などを語り合っただろう。その会話のなかに小金井の琴線に触れることでもあったのか。あるいは触れてはならないことでも大芝が口にしたのか。

　道原は、竹中智久の住居の衣裳箱の底から見つかった、訓戒のようなものの文句を思い出した。

「大芝が小金井に向かって、なにか気になることをいったんじゃないでしょうか」

　吉村が俯《うつむ》いたままいった。

道原はいいかけて口を噤《つぐ》んだ。

道原は思い付いたことがあって、日野絵利香に電話した。

「あ、刑事さん。こんにちは」

彼女の声は明るかった。恋人が行方不明になっていることなど、忘れているような声だ。

「竹中さんは、六月に登山をしていますが、憶えていますか」

「はい。蝶から常念へ登ったといっていました」

「三人パーティーだったようですが……」

「お名前は知りませんが、仲よしの人と、東京からくる一人と、上高地で待ち合わせるといっていました」

「仲よしの人は、塩尻の大芝という人では」

「そうだったかもしれません。その仲よしの人と一緒に山に登るのは、初めてだといっていたような気がします」

東京からくる一人は、小金井満造のことだったにちがいない。

「登山を終えて帰ってきた竹中さんから、山中でトラブルのようなことがあったという話は……」

「いいえ、そんな話はきいていません。なにか気になることでもあったのですか」

「塩尻の大芝という人は、七月五日の夜、外でだれかと食事をしたあと、奈良井川へ放り込まれて殺されました」

「殺された……」

彼女は胸に手でもあてたのだろうか、なにか考えているようにしばらく黙っていた。

道原は、大芝を殺害したのは小金井らしいとにらんでいるが、それをいわずに電話を切った。当然だが彼女は日夜、竹中の失踪の謎を考えつづけていそうだ。

道原は、あらためてノートのメモに目を落とした。小金井満造の行動を読んだ。彼は、六月二十二日と二十三日に、竹中と大芝とパーティーを組んで蝶ヶ岳と常念岳に登っている。その山行の四日後に転居し、八日後の七月五日に大芝に会いにいっているもようだ。東京の中野区からどこへ引っ越したのか分かっていない。

転居先にまだ落ちついていないと思われる日に、特別用事のなさそうな大芝に会いにいっているらしい。彼のなんとなくあわただしい行動の原因が、三人での山行の行程にあったような気がする。

それを吉村にいうと、

「原因て、なんでしょうか」

と、彼もノートを開いた。

「推測だが、横尾山荘で酒でも飲みながら食事をした。そのとき、だれかが気になることでも口にしたんじゃないだろうか」

「気になることというのは、もしかしたら竹中が自宅に金を隠しているんじゃないかということでしょうか」

「そう。それに関係していること。たとえば、大芝が竹中を指して、経営している学習塾を開設するには、それなりの資金が必要だったろうが、『竹中さんは大金持ちなんですね』などといったんじゃないか」

「なるほど。竹中はたしかに金持ちです。ですが持っている金の全部か、あるいは一部かを自宅の畳の下に隠しているようだ。それは表に出すことのできない性質の金だからでしょう」

吉村は独り言のようにいったが、はっとなにかに気付いたように目を大きく開けた。

「竹中と小金井は知り合いだったようですね」

吉村はノートをにらんだ。

「二人は東京に住んでいたころに知り合ったんだろうな」

「東京で知り合った二人は、手を組んで、なにかをやったんじゃないでしょうか。なにか、は犯罪です」

「犯罪といえば、不法な金儲《もう》け。あるいは……」

「強奪が考えられます」

「現金強奪か」

吉村は警視庁に、この十年ぐらいの間の未解決の現金窃盗か強奪事件を問い合わせた。

八年前の八月、神戸市の阪神元町《はんしんもとまち》駅前で発生した四億五千万円。賭博の金。

六年前の四月、大阪市北《きた》区梅田《うめだ》で発生した二億七千万円。貴金属売買の金。

四年前の七月、東京都港区六本木《ろっぽんぎ》通りで発生した七億二千万円。麻薬密売の金。

大阪と東京の事件は、現金を詰め込んだトランクを車に積もうとしたところを、複数の男たちに殴られたり蹴られたりして倒され、トランクをべつの車に乗せて逃げられている。

神戸市の事件は、現金を詰めたトランクを車に積んだところを、三人組の男に襲われ、運転席にいた男は引きずり降ろされ、車ごと奪われた。運転席にいた男は、引きずり降ろされるさい、所持していたナイフで、三人組の一人の顔を切りつけていた。したがって三人組の一人の男には、いまも傷痕が残っているはず。

2

「ちょっとうかがいたいことがあります」

道原は、日野絵利香に電話した。

「なんでしょう」

彼女は密やかな声をした。

「竹中智久さんの顔には、傷痕がありますか」

「顔に傷痕……。ありません。傷痕とは」

彼女は顔を曇らせたにちがいない。

道原は、東京のタクシー会社に勤めている竹中の妻だった塩谷律子にも、同じことをきいた。

「いいえ、ありませんでしたが、あるとしたらどういう傷痕なんですか」

「縦になのか、横になのかは不明ですが、刃物で切られた痕です」

「刃物……」

失礼なことをきいた、と道原はいって電話を切った。

三船課長は道原と吉村に、小金井満造の東京での暮らし向きを調べるようにと命じてから、

「小金井が八月三十日に、どこにいたかが分かるといいんだが」

といった。八月三十日とは、竹中智久が室堂から姿を消した日である。

小金井は、六月二十七日に中野区江古田の住所から引っ越しているが、転居先がどこかは不明である。住民登録を怠っているからだが、その間に塩尻へやってきて、大芝文成に会って、夕食をともにしたらしい。

道原は小金井の写真をあらためて見つめた。顔にルーペをあてて見たが、傷痕はないらしい。

道原と吉村は、六月二十六日まで住んでいた小金井満造の住所に着いた。中野区江古田の住宅街のなかの貸家である。道路側にケヤキの木が二本立っていて、その奥に壁を緑色に塗った木造の二階屋が四棟ある。小金井が妻と二人暮らしをしていたのは道路に一番近い家だったことが、家主にきいて分かった。

真田《さなだ》という家主の家はすぐ近くだった。サザンカの垣根で囲んだ大きい二階建てだ。

インターホンに応えて主婦が出てきた。庭にはコスモスの花が揺れていた。白い大型犬が尾を振って近づいてきた。吉村はその犬を見ると道原の背中に隠れた。

真田家の主婦の記憶では、小金井夫婦は約十年、貸家に住んでいたという。

「ご主人は、背は高くないけど肩幅の広いがっしりとした体格で、わたしを見ると、遠くからでも大きい声で挨拶をしました。入居時はたしか渋谷の警備保障会社に勤めていて、週に一度は泊まりの日があるときいた憶えがあります。……七、八年前だったでしょうか、自宅にいる日が多くなりました。勤務の内容が変わったのか、何日間か家にいたり、昼間、車を運転して出ていく日もありました。その姿を見てわたしは、会社を辞めて自分で事業でもしているんじゃないかって、勝手な想像をしていました」

「子どもはいなかったんですね」

道原がきいた。

「はい、ご夫婦だけでした」

「奥さんは働いていましたか」

「どこなのか知りませんが、お勤めをしていたらしく、平日は毎朝決まった時間に家を出ていくようでした。……思い出しました。奥さんは長野県の須坂《すざか》というところの出身で、ご実家はリンゴ園を持っている農家だとききました。毎年十一月になると、ご実家がリンゴを沢山送ってくれるといって、うちではお裾分けをいただいていました」

「奥さんは、どんな人でしたか」

「おっとりとした口数の少ない人でした。旦那さんより少し若そうな、とてもきれいな人でした。お花が好きらしくて、玄関の脇にいくつも小さな植木鉢を並べていました」

　訪ねてくる人は多かったかをきくと、見たことがないという。

「ご主人は、登山しているようでしたが……」

「ああ、思い出しました。ご主人がリュックを背負って出ていく姿を見たので、奥さんに、ご主人は山登りをしているようですねとききましたら、毎年、どこかの山へ登っているといっていました」

　六月に引っ越したらしいがと、道原はきいた。

「刑事さんは、なんでもご存じなんですね。たしかに六月に、奥さんがきて、ご主人の都合で急に引っ越しすることになったといいました。よけいなことと思いましたけど、どこへって、わたしがききましたら、名古屋だといいました。……男の人がきて、コンテナっていうんですか、荷物を大きいトラックに積み込んでいました」

「手伝いにきていた男は、乗用車に乗ってきたようでしたか」

「そうでした。わりに体格のいい三十半ばぐらいの人がグレーの乗用車に乗ってきて、道路の端にとめていました。そのお手伝いの男の人がトラックを運転して、そのトラックに奥さんが乗って、乗用車を小金井さんが運転していきました。わたしは手を振って見送りましたけど、なんとなくあわただしいお引っ越しのようでした」

「小金井さんは、引っ越した先から便りをよこしましたか」

「いいえ、ありません」

　小金井夫婦は、住んでいた家に残していった物はないか、ときいた。

「ありませんでした。奥さんは、部屋をきれいに掃いて出ていきました」

　道原と吉村は、真田家の主婦に頭を下げて退去した。

　小金井満造の引っ越し荷物を運ぶにあたって、トラックをレンタルしたのは、小金井の妻富貴の弟である寺下哲彦だった。彼の住所は、世田谷区上北沢。そこをさがしあてた。が、彼も家族と一緒に転居していた。

　家族は、妻と小学六年生の娘。三人は京王《けいおう》線上北沢駅から南へ徒歩七、八分のマンションに住んでいた。マンションの家主宅は近所だった。庭で植木の手入れをしていた家主方の主人は、剪定《せんてい》鋏《ばさみ》を手にしていた。

「寺下さんは、うちのマンションに十年近くのあいだ住んでいました。円満そうなご夫婦でしたよ」

　引っ越した日をきいた。七月二日だと分かった。

「ご主人の転勤が、急に決まったので引っ越すと奥さんがいいにきました」

「引っ越し先をおききになりましたか」

　道原が、鋏を動かしながら喋る主人にきいた。

「たしか名古屋だといっていました。引っ越しの日、トラックに夫婦で荷物を運び込んでいました。大抵の人が引っ越し業者に荷づくりや運搬を任せるのに、寺下さんは夫婦で車に積み込んで、ご主人がトラックを運転していきました」

「寺下さんの職業か勤務先をご存じでしょうね」

道原がきくと、主人は、会社員だったと思うといって家へ入って、ノートを持って出てきた。

寺下哲彦が勤めていたのは、京《きょう》和《わ》電業《でんぎょう》という電気工事の会社だった。

その会社は、品川区大崎《おおさき》にあった。クリーム色の壁の、わりに大きいビルだった。寺下哲彦についてききたいというと、長身の女性社員は二人の刑事に椅子をすすめて、すぐに調べますといった。

寺下哲彦は今年の七月初め、「急に転居する事情が生じたのでといって、退職の手続きをした」ということだった。書類を調べた女性社員は、

「寺下の上司だった者が近くにおりますので、詳しいことをお調べでしたら、連絡を取りますが」

といった。道原は上司だった人に会いたいといった。

十分ほど経つと、陽焼け顔にメガネを掛けた中《なか》川《がわ》という五十代の男がやってきた。

「長野県の刑事さんが……」

中川は、道原の名刺を受け取ると小さい声でいった。

「寺下さんの関係者について、気になる点があるものですから」

道原がいうと中川は、

「じつは私たちも、寺下の退職のしかたには首をかしげていたものでした」

寺下は七月初めに中川の前へ立って、「親戚の都合で」といって退職を申し出た。会社の規則で

は、退職の場合、一か月前に申告することになっていた。

「寺下は、当社に二十年ほど勤めていて、新築ビルの配線工事や、災害時の復旧工事の現場監督などをしていました。つまりベテラン社員でした。そういう者が、急に退職したいといったのですから、なにか困りごとにでも遭ったのではないかと思いまして、詳しく事情をきこうとしましたが、彼は話してくれませんでした」

「中川さんのほうには、なにか心あたりは……」

「ありません。何日間か休んで、出勤すると、あしたで退職したいといわれたので」

中川は顎に手をあて、眉間に皺を立てた。

「じつは、寺下さんは姉夫婦の転居を、手伝いました。トラックを借りてきて、荷づくり運搬に手を貸しました。姉夫婦は都外へ引っ越しましたが、転居先は分かっていません」

「姉夫婦は、なにをしていた人ですか」

「小金井という姓で、夫の最近の職業は不明です。警備保障会社に勤めていたが、そこを何年も前に辞めたようです」

中川は、寺下は姉の夫と事業でも起こすことにしたのではないか、と推測を口にした。

道原は、「考えられる」といって椅子を立った。

中川も立ち上がった。長野県の刑事がわざわざ寺下のことを聞き込みにきたので、その目的はなにか、ときいた。

「寺下が、なにかの事件にかかわったのではないでしょうね」

「私たちは、寺下さんの義兄の身辺を調べている。その過程で寺下さんが義兄夫婦の引っ越しを手伝ったことをつかんだ。それで寺下さんに会うつもりだったが、寺下さんも転居していた」

「えっ、寺下は、転居した……」

中川は、目玉をくるりと回転させた。

3

道原と吉村は、以前小金井満造が勤めていた警備保障会社を訪ねることにした。

歩きながら道原は吉村に、

「刑事の仕事は、面白いか」

ときいた。

「面白いなんて思ったことは、一度もありません」

「辛《つら》いのか」

「昼も夜も休日にも仕事があるので、キツいって感じることはあります。道原さんは、この仕事が好きですか」

「好きだと思ったことはないが、やり甲斐《がい》のある仕事だとは思っている」

「シマコちゃんは、『伝さんは、調べごとが好きだ』っていってますよ」

「人それぞれには、他人には見せられない裏面というものがある。それを、おれたちはあばいている。ときには気の毒だと思うことがある」

小金井満造が以前勤務していたのは、渋谷区代々木《よよぎ》の信和防災《しんわぼうさい》という会社だった。六階建ての雑居ビルの一階がその会社で、事務室には女性社員が三人、俯いていた。カウンター越しに道原が名乗って、用件をいった。何年か前まで小金井という人が勤めていたと思うが、その人の退職時と勤務振りを知りたいと告げた。カウンターへ出てきた女性は、メモ用紙に小金井満造と書いて、

「調べますので、こちらでお待ちください」

といって、壁ぎわの椅子をすすめた。

女性は奥の部屋へ入っていき、十数分経ってから、髪の薄い丸顔の男と一緒に出てきた。男は総務課長の肩書の名刺を出した。

「私は、小金井を憶えています」

といって、応接室へ案内した。壁ぎわに青い大きい壺《つぼ》が台の上にのっていた。

総務課長は膝にファイルをのせた。

小金井満造が担当していた仕事を道原がきいた。

「八年前までの約八年間勤めていましたが、前半の約五年間は、新宿のビルの管理でした。ビル内を巡回して、異状がないかを点検し、週に一度は夜勤がありました。あとの約三年間は渋谷駅に近いビルの管理でした。事故はありません」

「どんな人だったかを憶えていらっしゃるんですね」

「口数の少ない男でした。いつもむっつりしていて、機嫌が悪そうでしたが、話すときは柔和な顔になって、人の話をじっときいていました。ほとんど欠勤はなくて、信頼できる社員でした。新宿のビルを担当していたとき、私は小金井と一緒に仕事をしました。あ、ひとつ思い出したことが……」

総務課長はそういうとファイルをめくった。

「新宿のビルを担当していたときでしたが、ビル内でコソ泥をつかまえました。四十代後半の粗末な服装の男でした。小金井はその男の襟首をつかんで、膝で男の腹を蹴りました。それを何度も繰り返すので、私と同僚とで暴行をやめさせました。私たちの通報で警察官がやってきましたが、コソ泥の男は血を吐いて動かなくなっていました。それで救急車を呼んだのです」

「血を吐いたのは、小金井さんに蹴られたのが原因で……」

「そうです。小金井は、逃げようとしたからだといっていましたが、いつもの彼からは想像もつかないやりかたでした」

「同僚の方とトラブルを起こしたことは……」

「なかったと思います」

退職は八年前だった。その理由はなんだったかをきいた。

「記録に載ってはいませんが、親戚になにかがあったといって数日休んでいました」

課長はそういって、額に手の平をあてていたが、

「三、四日休んで出勤すると、退職を届け出ました。詳しいことは分かりませんが、親戚に不幸があって、その親戚がやっていた事業に参加するというようなことをいっていたような憶えがあります。小金井は長野県の出身です。彼のいう親戚は長野県だったような気がします」

「そういうことをいったときの、顔つきを憶えていらっしゃいますか」

「顔つきをですか。それまでと変わらなかったと思いますが」

道原は、小金井の写真を見せた。

「ああ、懐かしい顔です。少し老けたようですけど」

課長は手にした写真をじっと見ていた。なにかを思い出すのではないかと期待したが、彼は黙って写真を返した。

道原は、小金井が六月下旬に中野区江古田からあわただしく引っ越したことを話した。

「あわただしくというのは……」

課長は首をかしげた。

「引っ越すことを、家主に何日か前にいわず、急に名古屋へいくことになったといって、トラックを借りてきて、自分たちで荷物を運んでいったそうです」

「名古屋へ。その転居先は分かっているんでしょうね」

「いいえ。転居先を分からなくするために、引っ越し業者に運搬を依頼しなかったのではないかと思います。……小金井さんは六月に山に登っていますが、登山をすることはご存じでしたか」

「年に何度か登山をしているときいたことはありました」

「六月に山から帰ってくると、すぐに引っ越しを思い立ったようです」

「登った山でなにかがあったんでしょうか」

そうではないかと道原は思ったが、それは口に出さなかった。

七月五日、小金井によく似た男が、大芝文成と夕食をともにしていたが、それもいわないことにした。

「もう一件、不審なことがあります」

道原は課長の顔を見ていった。

「小金井に関係のあることでしょうか」

「六月の山行は、三人でした。そのうちの一人は、松本市内と岡谷市内で学習塾を経営している竹中智久という四十歳の男です。……竹中は、九月一日に富山の八尾で、風の盆の踊りを交際している女性と見物することにしていました。彼はその前に、単独で立山へいって、八月三十日に女性と富山市内で落ち合うことにしていたようです。ところが竹中は、八月三十日の朝、立山で宿泊したホテルを出て、富山方面へ向かうために室堂のバス停にいく途中で、足取りが消えてしまいました」

「行方が分からなくなったということですか」

　道原と吉村は、課長の顔を見ながらうなずいた。どういうことが考えられるのか、と課長は二人の刑事の顔にきいた。

　道原は、分からないという代わりに首を横に振った。

「六月に一緒に山に登った三人のうち、二人の行方が不明。なんだか事件でも隠れているようで、不気味ですね」

　課長は腕を組んで目を瞑っていたが、

「小金井は、竹中という人と、どこで知り合ったのでしょうか」

と、目を開けていった。

　そうだ。それは肝心なことだ。知っておいたほうがよさそうだと道原は気付き、ノートにメモした。


　道原と吉村は信和防災を出ると、墨田区東向島へ向かった。タクシー会社で事務の仕事に就いている塩谷律子に会うことにした。竹中智久の妻だった人だ。竹中とは東京で結婚したのだが、彼の希望で松本市へ転居した。彼女は、細ぼそとでもいいから平穏な暮らしを望んでいた。だが竹中はその暮らしかたに満足できなかったようで、彼女の希望と衝突するようになり、彼女は離婚に踏み切って東京へ帰ってしまった。

　道原と吉村は前回彼女に会ったさい、竹中が学習塾を経営していることを話した。すると彼女は驚いた、信じられない、といって口を開けた。竹中を見込んで、出資した人がいるのだろうと想像していらしかった。

　彼女とは今回も会社の近くのカフェで向かい合った。彼女は、なんの飾りもない薄紫色のシャツを着ていた。

「竹中さんの行方は、いまも不明です」

　道原がいった。

「なにか不幸なことに巻き込まれたのでしょうか」

　彼女は、白いハンカチをにぎった。

「あなたは竹中さんから、小金井満造という名をきいたことがありましたか」

「はい。憶えています。彼が東京にいるときに山に登って、泊まった山小屋で知り合った人です。東京にいる人で、東京でも何度か会っていたようです。一緒にお酒を飲んだときいたことがありました」

「あなたは、会ったことは……」

「ありません。彼から話をきいていただけです。小金井さんのほかにも、山小屋で知り合ったという人と、何回か食事をしていたようでした」

「その人の名は……」

　道原がきくと、彼女は首をかしげた。目を瞑ったり額に手をあてたりして、思い出そうとしていたが、

「変わった名字の人でした」

　彼女は手の平に指で文字を書く真似をしたが、思い出せないようだった。竹中は、珍しい名字の人の職業を話したことがあった。

「珍しいというと、どんな職業だったのかを、憶えていますか」

「正確ではないかもしれませんが、小型飛行機の操縦免許を持っていて、貸しヘリコプターを操縦

して、上空から東京見物をさせているそうです。ヘリを操縦して、海や山での遭難者の捜索をしたこともあるらしいと、竹中はいっていました」

そういってから律子はまた、「なんていう名字だったか」と首をひねった。

吉村が、思い付いた珍しい名字を並べたが、そのなかには該当はないようだった。

思い出したら連絡してください、と道原はいって椅子を立った。

彼女は、ハンカチを口にあてた。竹中は、元夫である。たまには彼を思い出すこともあるだろう。思い遣《や》りの足りない彼に愛想尽かして離別したが、捨てがたい一面もあったにちがいない。

カフェを出て歩いている間に、道原は竹中が独りで住んでいた小ぢんまりした家を思い出した。その家の二つの部屋の畳の下には、異変があったようだ。一万円札が二枚見つかったことから、あるいは多額が隠されていたのではと推測されている。

彼は東京から逃げたのだ。想像だが、多額の現金をつかんだことが恐ろしくて、東京には住んでいられなくなった。そして妻に対する態度も変わった。多額の現金を手にしなかったら、離婚はしなかっただろうとも思われる。

4

律子が勤めているタクシー会社の車庫の前で、道原と吉村は足をとめた。律子は二人の刑事の顔を見比べた。

「竹中さんは、八年前まで四谷の新日紙業に勤めていたが、そこを退職すると、松本市へ転居した。

松本では勤める先が決まっていたわけではなかった」

道原はそういって、空を仰いだ。十羽ばかりの鳩が秋空の下を往き来していた。

「それまでの竹中さんは、年に何回か、山に登っていましたね」

「山の雪が解けはじまる四月になると、じっとしていられなくなって、一、二泊の登山に……」

刑事がなにを考えているのかというふうに、彼女は道原の横顔を見つづけていた。

「お仕事中、お邪魔しました」

道原には思い付いたことがあった。急いで帰署することにした。

律子の記憶では竹中は、白馬、杓子《しやくし》、鑓《やり》の白馬三山か、八方《はっぽう》尾根をつめて唐松岳《からまつだけ》へよく登っていたようだ。

署にもどると道原は、白馬山荘、村営頂上《ちょうじょう》宿舎《しゅくしゃ》、白馬大池《おおいけ》山荘、白馬尻《じり》小屋《ごや》、唐松岳頂《ちょう》上《じょう》山荘などへ電話して、八年か九年前の宿泊者名簿は保存されているかを問い合わせた。

どの山小屋も、山小屋か自宅に保存していることが分かった。

道原と、山歩きの達者な署員に手分けして、八、九、十年前、山小屋に泊まった人たちの氏名、年齢、住所、電話番号をコピーまたは控えてくることにした。

つまり、竹中智久が宿泊した日に同じ山小屋に泊まった人たちを知りたかったのである。そのなかで道原が狙ったのは、竹中と同じような単独行の登山者だ。

十日経つと、各山小屋を訪ねたり、訪ねた山小屋に泊まってきた署員が、宿帳の写しを提出した。

そのなかから竹中智久が宿泊した日をさがした。

「あった」

吉村が声を上げた。十年前の九月某日、白馬山荘には六人の単独行がいて、そのうちの一人が竹中だった。六人は、加藤《かとう》、小西《こにし》、木造《きづくり》、佐藤《さとう》、竹中、手塚《てづか》。

道原はその六人の名字をにらんでいたが、塩谷律子は、竹中と山小屋で出会って親しい間柄になった一人は、珍しい名字だったといった。六人のなかの珍しい名字の人は木造だ。フルネームは木造太平《たへい》。

「あった」

今度はシマコが九年前の十月の竹中の宿泊を白馬鑓温泉小屋《やりおんせんごや》で見つけた。その日の単独行は二人で、その一人が竹中、一人が木造。シマコが手にしている名簿を吉村がのぞき、木造の名を口にした。木造太平の名は道原の目にも焼き付いた。その人の職業も特異だったと律子はいっていた。彼女は竹中は珍しい名字の人と東京でも会ったらしいといっていた。

東京で会ったのは偶然でなく、連絡し合ってのうえだったのではないか。

竹中は十年前に木造とは白馬山荘で会ったが、それが初対面だったろう。次の年には白馬鑓温泉小屋で会っているが、それは連絡し合ってのうえだったような気がする。二人は、かなり親しい仲になっていたようにも受け取れる。

道原は、東向島のタクシー会社にいる律子に電話した。

「あなたが思い出せなかった珍しい名字の人は、木造太平という人では」

ときいた。

「きづくり……。そう、そうです。よくお分かりになりましたね」

「竹中さんが山小屋で会ったといったことが、ヒントになったんです」

「どこに住んでいる人なんでしょう」

「山小屋の記録では東京ですが、現在もそこに住んでいるかどうか」

　木造は、竹中が行方不明になっていることを知っているだろうか、と彼女はいった。

　彼女と話しているうちに書棚がことことと鳴る地震があった。いま揺れているというと、「こちらはなんでもありません」と彼女はいった。東京と松本ははなれている。彼女は松本に住んでいた短い月日を思い出しているのだろうか。

「大丈夫ですか」

　彼女は地震のことをきいた。

「もうやみました。なんでもありません」

「わたしが松本にいるあいだにも、たしか二回、小さな地震がありました」

　律子はそういってから、松本のきれいな街をときどき思い出すという。

「一度だけですけど、わたしは独りで、松本城を一周したことがありました。神社の脇だったと思いますけど、きれいな水が湧き出ていて、その水を何人かが飲んでいましたので、わたしも一口飲みました」

　彼女はそういうと口に手をあてたのか、咽《む》せるような声をきかせた。


　山小屋の宿帳に記されている木造太平の住所は、東京都調布市富士見町《ふじみちょう》だった。その住所に木造太平が住んでいるかの確認を、調布署に依頼した。

その問い合わせに対しての回答は二時間後にあった。――木造太平三十七歳と家族は、八年前の六月、調布市富士見町の住所から転居したが、転居先は不明。転居のさい石田《いしだ》周一《しゅういち》という住所が板橋区の男が、港区のカワイレンタカーから六トントラックを借り、その車に家財を積んで引っ越した。トラックの走行距離は五八二キロ。木造の家族は、妻（三十六歳）と長女（八歳）。木造の職業は長距離輸送トラックの運転手だったが、所属先を知っている人が見当たらない。

この回答を読んだ道原は、あらためてノートに書き込んでいるメモを見直した。

竹中智久は東京・四谷の新日紙業を八年前の夏に辞めて、松本市へ転居した。竹中と登山の仲間だった小金井満造は、勤務していた東京・渋谷の信和防災を八年前に退職し、その後の職業は不明といわれていた。そして今年の六月、あわただしく引っ越したが、その転居先は不明。つまり住民登録を怠っているのだ。

木造太平も八年前に、それまで住んでいた調布市から、往復約五八〇キロの土地へ転居した。が、それがどこなのかは分かっていない。彼の本籍は石川県金沢市吉原町《よしわらまち》。妻四季子《しきこ》は諏訪市出身だと分かった。

木造の住所を知りたいが、どこへあたったものかを、三船課長と道原と吉村は話し合った。

本籍地は出身地の可能性がある。そこには係累が住んでいそうだから、木造の現住所が分かるかもしれない、と課長はいった。が、だれにも現住所を教えるなと口どめしていることが考えられた。

道原は、木造が引っ越すさい、家財を運ぶためのトラックを借りた人に会ってみたいといった。その人は木造の引っ越し先を知っていたにちがいない。石田周一といって、住所は板橋区熊野町《くまのちょう》だ。

道原と吉村は、川越《かわごえ》街道沿いの石田家を訪ねた。そこは錆《さび》の浮いた鉄柱の小規模な工場で、金属をこする歯の浮きそうな音をさせていた。

ガラス戸を少し開けて声を掛けると、帽子をあみだにした男が、機械のあいだから出てきた。五十代半ばぐらいで、不精髭を伸ばしていた。作業衣の胸は油で汚れている。

道原は身分証を見せ、「石田周一さんですか」ときいた。

すると男は、どきりとしたような顔をして、

「そうですが」

と、答えた。

「うかがいたいことがあって……」

道原の声を遮るように金属を削っているような音がした。工場内には四、五人がいるらしい。石田は後ろ手でガラス戸を閉めると一歩外へ出てきた。

「八年前ですが、あなたは、調布市の木造太平さんの引っ越しを手伝いましたね」

石田は大きく目を開けた。どう答えようかを考えたのか、少し間をおいてから、手伝った、と答えた。答えてから、

「なぜ私が、引っ越しを手伝ったのが分かったんですか」

と、低い声できいた。

「調べたんです」

石田は首をかしげた。八年前のことを思い出そうとしているようだ。

「木造太平さんは、どこへ引っ越したんですか」

「長野県です」

石田の声は小さくなった。

「長野県のどこですか。正確に教えてください」

「豊科《とよしな》というところです」

「木造さんから、引っ越し先をきかれても答えるなといわれていたんでしょ」

石田は、上目遣いになって、そうだというふうに首を動かした。

「安曇野市ですね。そこのどこかを正確に教えてください」

「正確にといわれても、私は番地なんかを知りません」

「近くになにがあったかを憶えているでしょ」

石田は目を瞑ったり開いたりした。背中を掻くような格好もした。

「近くに川がありました」

「川が。どんな川でしたか」

「わりに幅の広い川でした」

犀川ではないか。

「そのほかには、なにか……」

「川の反対側にタブソンの工場があったような気がします」

犀川とタブソンの工場。道原にとっては地元である。安曇野署にいるときは、市内を数えきれないほど歩きまわっていた。

「川には橋が架かっていたと思いますが、その橋の名を憶えていますか」

「橋の名なんか、憶えていませんし、橋を渡った憶えはありません」

それだけきいて、道原には大体の見当がついた。木造が入居したのはアパートかときくと、一軒屋だったという。

「家族は、奥さんと娘だったと思いますが」

「そうです。娘は小学生でした」

木造とは、どういう知り合いだったのかをきくと、木造が調布市に住む前はここの近くに住んでいたのだという。

木造は石田の工場がなにを作っているのかに興味を持ったらしく、話し掛けてきた。石田の工場では鉄板で何種類かの箱を作っていた。その作業を木造は熱心に見ていた。そして、自分は小型飛行機操縦の免許を持っていると語った。その話をきいているうちに、石田は空から東京の街を見たくなった。ヘリコプターを操縦できると木造がいったので、「一度乗ってみたい」と石田はいった。

木造は、石田の希望をかなえた。ヘリを借りて、石田と娘を乗せたヘリで、東京の上空を遊覧した。

そんなことがあって、二人は仲よしになり、月に一度は飲み食いもする間柄になった。

木造が安曇野市へ転居する理由はなんだったかを、石田はきいたことがあった。すると木造は、安曇野市へ旅行したら、その土地が好きになった。冬は寒そうだが、毎日、山脈を眺めていられるし、美術館がいくつもある美しい風景のところだからだ、といっていたという。だが、木造が安曇野へ転居して二年ほど経つと、石田が出した年賀状がもどってきた。電話したら使われていない番号になっていた。以後、木造からはなんの連絡もないという。

道原と吉村は、安曇野市の犀川の右岸近くを歩いた。タブソンの工場が見える付近で、貸家を持っている家をさがした。白い壁の土蔵のある農家が貸家とアパートを所有していた。木造太平は、妻と娘の三人でその農家の貸家に約二年間住んでいたことが分かった。

「奥さんは、からだの弱い人だったらしくて、娘さんを学校へ送り出すと、寝床に入っているようでした。痩せていて、いつも蒼い顔をしていました。家の前に小さな畑があるので、そこでホウレンソウなどを作っていました。畑から山を眺めて、いいところに住むことができたといっていましたけど、なにがあったのか急に引っ越すことになったといって、旦那さんがトラックに自分で荷物を積んで……」

家主の大柄な主婦は、木造が住んでいた小さな家のほうを向いていった。

「木造さんは、どこかへ勤めていましたか」

「警察署の近くの自動車整備工場に勤めていました」

岡部《おかべ》工場だ。そこを訪ねると、

「道原さんじゃないの」

と、修理中のトラックの横から岡部社長がいった。岡部社長の妻は、三人の従業員の昼食ににぎり飯を出していた。そのにぎり飯の芯には鰊《にしん》や山椒《さんしょう》味噌などが詰め込まれていた。道原が署から昼食に出掛けると、それを見掛けた岡部の妻に呼びとめられ、旨《うま》いにぎり飯を社長に並んで馳走になった。それは一度や二度ではなかった。それは警察官としてよくないことと思う、と署長に話すと、「気にするな」といわれた。

「何年か前、ここに木造太平という男が勤めていたと思うが」

道原は社長にきいた。

「いました。二年間ぐらい勤めていましたが、急に、実家の事業を継ぐことになったとかといって、辞めました」

「木造の出身地は金沢市でした。実家というのは金沢のことでしょうね」

「そうだと思いますが、詳しいことはいいませんでした」

「ここに勤めていたときの、仕事振りはどうでしたか」

「車のことには詳しかったです。音をきいて故障個所《かしょ》をぴたりとあてました。長く勤めていてほしい男でした」

　木造の娘の通っていた学校で、転校先をきいたが、不明だといわれた。

「木造には、同じ場所に長く住んでいられない事情があったんじゃないでしょうか」

　署にもどって、吉村がそういったところへ、岡部社長が電話をよこした。

「木造のことで思い出したことがありました」

　そういわれたので、もう一度岡部工場を訪ねた。

「何年も前のことですが、夏休みが終わって出勤した木造は、マスクをしていたんです。暑いのにマスクとはどうしたのかを私がきくと、頬に出来物ができたので、医者に治療してもらった。化膿させないためだといって、飯を食べるときもマスクをはずさず、マスクを摘《つ》まんで食べていたのを思い出しました。ここを辞めるときもマスクをしていました」

　道原と吉村は、うなずき合った。八年前の八月、神戸市で、賭博の金の四億五千万円が三人組の男たちに強奪された。そのさい現金入りのトランクを積んだ車から運転席の男が引きずり降ろされた。降ろされるさい男は、所持していたナイフで、犯人の一人の顔に切りつけた。切られた男の顔にはいまも傷痕が残っていそうだといわれている。

5

幾人かの話で木造太平の体格が分かった。

身長は一七〇センチぐらい。体重は七五キロ程度で、色白のほう。

四季を問わずサングラスを掛けていることが多く、夏でもマスクをしている。小型飛行機操縦の免許、大型自動車運転免許所有。

木造の写真を欲しかったが、安曇野市の岡部工場にもないといわれた。

三船課長は、きょうも道原の席の前を行ったり来たりし、顎を掻いたり、時には鼻の穴に小指を入れたりしていた。

「シマコ。熱いお茶をくれ」

シマコは刑事なのだが、刑事課にいるあいだは庶務係のように課長に使われている。

「伝さん。木造はほんとうに金沢の実家へいったかもしれない。実家はなにをやっているのか、商売をやっているんなら、それは順調なのかをつかんできてくれないか。……私はゆうべ、いや、けさ方、顔に傷痕のある男の夢を見たんだ。その男は家財を積んだトラックを運転していたけど、荷物を降ろす場所がなくて、困っていた。トラックの運転台にはおさげ髪の女の子も乗っていた」

シマコは、

「はい。お茶」

と大きい声でいって、すし屋の湯呑みを課長のデスクに置くと、自分の席でパソコンに向かった。

長野から金沢へは北陸新幹線で一時間あまりだ。左側の車窓から立山連峰を眺めたかったが、きょうはあいにく小雨にけむっていて山脈は見えなかった。

「この前、東京から父の弟が松本へきて、すしを食べたいっていったので、魚政《うおまさ》へ連れていきました。東京に住んでいる人がなぜすしを食べたいのかってきいたら、信州のすし屋は富山湾でとれた魚を食べさせる。日本で一番旨い魚は富山湾の魚なんだといいました」

吉村がいった。

「私もきいたことがある。詳しいことは知らないが、海水の冷たい富山湾でとれる魚は旨いのだそうだ」

列車は定刻に金沢に着いた。途中では小雨が降っていたが、金沢はどんよりとした曇り空だった。

交番で吉原町へのいきかたをきくと、ＩＲいしかわ鉄道線の森本《もりもと》駅が近いと教えられた。

交番の二十代の巡査は電話で、吉原町に木造という姓の家があるかをきいた。電話をいったん切って、四、五分後に、「木造という家がある」という報告があった。

「森本駅の南で、北陸自動車道の北側です」

巡査は小さい紙に簡単な地図を描いてくれた。

道原と吉村は、列車を森本で降りた。駅の近くには銀行があり、コンビニもあった。木造という表札の出ている古い家は保育園の隣だった。園児の声がきこえた。泣いている子がいた。

木造家の玄関に声を掛けたが応答がないので、そっとガラス戸を開けた。奥のほうからカタコトと音がきこえた。吉村が大きい声で奥に向かって呼んだ。頭に手拭いをかぶった四角ばった顔の五十歳見当の男が出てきた。カタコトという音はつづいている。

道原が名乗ると、「警察の方……」といって、二人の刑事の顔を見直した。男は木造太平の兄の進市《しんいち》だった。

「松本から、わざわざ」

進市は眉間を寄せた。

「木造太平さんの消息を尋ねに参りました」

道原がいうと進市は、

「太平は、東京の調布市に住んでいます」

「調布市からは八年前に引っ越しました。引っ越し先は長野県の安曇野市でしたが、そこに二年ぐらい住んでいましたが、実家の事業に従事することになったといって……」

「実家というのはここのことでしょうが、ここへはもう何年もきていません」

「こちらはどういう事業をなさっているんですか」

道原は奥のほうへ目を向けた。

「うちは織り屋です。特殊な敷き物や、椅子のカバーなどを織っています」

きこえている物音からして工場は小規模らしい。だが製品は高価な物なのではないか。

「太平さんは、どうして実家の事業に参加するといったのでしょうか」

道原は、頭の手拭いをとった進市にきいた。

「口実をいったのでしょうが、どうしてそんなことをいったのか。それから、どこへ引っ越したのか」

進市は手拭いを絞るような手つきをした。太平は何度も住所を変える。それにはなにか事情があるのではないかと、小さい声でいって顔を伏せた。

道原は、ほかに兄弟はいるのかときいた。

「私と二人だけです。……困りごとでもあったら、私に相談してくれればいいのに」

進市は唇を嚙《か》んだ。彼は妻を呼んだ。

「遠方からおいでになった刑事さんに、お茶を」

と、小柄な妻にいいつけてから、太平の電話番号をきいた。

妻はお茶を出すと、古びたノートを持ってきた。覚え書きのようだ。それを進市は開いて、ケータイで番号をゆっくり押した。

「使われていない」

と、つぶやくと、別の番号をプッシュした。

「これも使われていない」

彼はそういって、電話番号をにらんだ。たった一人の兄にも電話番号を変えたことを伝えていない。太平の身になにが起きたのかといっているように、進市はノートを見つめていた。

「太平さんの写真がありますか」

道原がきいた。

「ずっと前のものなら」

進市はそういってから、

「太平が、警察の世話になるようなことをしたんですか」

「いや。太平さんと付き合っていた人のことを知りたい。それで太平さんに会いたいんです」

進市は、なにかいいかけたが、部屋の奥へ入って、アルバムを持ってきた。

太平の写真は何点もあった。赤ん坊を抱いているものもあった。進市と並んでいる写真もあった。進市より太平は少し背が高かった。一生笑わないといっているような顔をしている。タバコを指にはさんで独りで写っているのを借りていくことにした。日付が入っていた。八年前の正月に撮ったものだった。三十七歳だ。

「女房はからだが丈夫でないと、太平からきいたことがありました。一人っ子の娘は高校へ上がるころだと思います。そういう二人を連れて、太平はどこへいったのか……」

進市は遠くを見るような目をした。

道原と吉村はお茶をいただいて立ち上がった。太平から連絡があったら知らせてもらいたいといった。

進市は、三〇センチ角ばかりの鮮やかな赤と緑と金の糸がまざった厚い布を道原と吉村にくれ、「椅子にでも掛けてください」といった。

道原は遠慮したが、妻が袋に入れて吉村に押しつけた。

金沢の空はますます厚い雲におおわれた。小雪でも舞いそうなほど寒くなり、片方の手をポケットに突っ込んだ。

金沢から北陸新幹線の「はくたか」に乗った。長野までは各駅停車で一時間半ぐらいだった。

道原はノートを取り出し、細かい字のメモを読み直した。

［◎木造太平（四十五歳）金沢市出身。八年前、東京・調布市から安曇野市に転居。二年後、金沢市の実家の事業を援けると称して転居したが、金沢へは帰らず、転居先不明。小型飛行機操縦資格を有している。
◎小金井満造（四十三歳）長野県池田町出身。八年前まで渋谷の信和防災に勤務。本年六月、中野区江古田から転居したが、転居先不明。本年七月、塩尻市内で大芝文成と食事をしたが、同日、大芝

が何者かに殴られたうえ奈良井川に突き落とされて死亡したことから、その犯人と目されている。
◎竹中智久（四十歳）新潟市出身。三十二歳まで四谷の新日紙業に勤務していたが、退職して松本市へ移った。二十六歳で塩谷律子と結婚したが三十三歳で離婚。三十六歳で学習塾『修好舎』を開校。本年八月三十日、立山の室堂から姿を消す。何者かに拉致されたことも考えられている。それまで松本市里山辺に居住していた。その家の畳の下に敷いた新聞紙のあいだから一万円札が二枚見つかる。まとまった額の現金を畳の下に隠していた可能性がある。」

帰署してからも道原は、室堂から姿が消えた竹中智久の一件を考えていた。彼は、松本市内と岡谷市内で学習塾を経営していた。このことがある人間から疎ましく思われていたのではないか。道原の頭には、竹中の住まいから見つかった訓戒とも読める文章が浮かんだ。

第四章　白馬

1

　山のカエデに紅みがさしてきた十月六日、大町《おおまち》署の白馬村交番にいる長坂《ながさか》警部補から道原に電話があった。道原と長坂は以前、安曇野署で同僚だった。長坂は、よく食べよく飲む男で、豊科駅近くで、「料理屋さん」と呼ばれている「くりの家」でたびたび食事をした仲だった。

　長坂は現在、道原が扱っている事件を知っているといった。


「その事件《ヤマ》とは関係がないと思いますが……」

　長坂は前置きをした。

「なにか気になることでも……」

「伝さんは、白馬村の高倉《たかくら》ホテルを知っていますよね」

「高級ホテルだ。泊まったことはないが、紅葉の時季に、庭内を散歩したことがある。ホテルの窓からは、林越えに白馬三山が眺められるそうだね」

「そう。眺望も考えて建てたんだろうね。……その高倉ホテルへ二泊した男客が、きょう、部屋へマフラーを忘れて出ていった。その客がホテルを出ていって一時間ぐらい経ったところで、従業員がマフラーを見つけた。それですぐに、フロントに記帳されていたケータイの番号に掛けた。ところが、その番号は使われていなかったんだ。……

その客は、なぜ使われていない電話番号を記入したのか。それから、きょうは寒い。ホテルへマフラーを置き忘れたことには、すぐ気付きそうなものなのに、取りにこなかった。……その薄茶色のマフラーはカシミヤの高級品だ」

「あんたは、そのマフラーを見たんだね」

「見た。手に取って見た。軽くて、ふわふわで、すぐに高級品だと分かった」

「その客は、車で……」

「いや、タクシーできて、到着の日も次の日の夕食も外で食べたいといって、フロント係に村内の料理屋をきいた。それで係員は和食の『舞《まい》の家《や》』を教えた。……客は、タクシーを呼んでもらった。もどってくるとフロント係に『おいしかった。ありがとう』と礼をいったという」

「何歳ぐらいの男」

「フロントには四十二歳と記帳している。着ている物には艶があって、少し大きめの茶革のバッグを持っていたそうだ」

「住所は」

「東京都港区西《にし》麻《あざ》布《ぶ》二丁目で、氏名は北《きた》海《み》三郎《さぶろう》」

「フロント係は、その男の体格を憶えているだろうね」

「身長は一七二センチ程度で、太ってもいないし痩せてもいないらしい」

「長坂さんは、ホテルの従業員に北海と名乗った男のようすをきいて、気になる点があったんだね」

「そう。なんとなく」

道原は長坂との電話を切ると、警視庁麻布署へ北海三郎の居住確認を要請した。

それに対する回答はすぐにあって、その住所は公園であり、氏名の人物の住民登録もないということだった。

　長坂からまた電話があって、北海三郎と名乗った男は高倉ホテルに、置き忘れたマフラーを取りにこないし電話もないといった。

「北海三郎はなぜホテルへ、マフラーを取りにこないんでしょうか」

　道原は三船課長にいった。

「顔立ちや体格を、ホテルの従業員に憶えられたくないからだろう。住所もでたらめを書いている。そのことだけでも法に触れている。怪しい男だ」

　道原は思い付いたことがあって、竹中智久が住んでいた家の押入れから見つかった訓戒を書いたようなもののコピーを出して、あらためて見直した。

　白馬の高倉ホテルから、北海三郎が記帳した宿泊申請カードを送信してもらった。

　その文字はゆがんでいた。心の動揺がうつっているように数字は震えていた。

　そのカードの文字と訓戒のようなものの文字と照合してみた。訓戒のようなものの文字は少し角ばっていてかたちがよい。字の上手な人が書いたものだ。宿泊申請カードに記入した人とは明らかに別人だ。

　大町署に連絡して、高倉ホテルに北海三郎が署名したカードと解錠に用いたカードから指紋を採取してもらうことにした。

　大町署は、北海三郎が二泊したホテルの部屋の中からも指紋を採取した。その指紋と竹中が住んでいた部屋から採取した指紋を照合した。その結果、ぴたり一致した指紋があった。十月四日、五日の両日、高倉ホテル四階のバルコニーから、白馬三山の頂稜部を望むことのできる一等室に泊まった単身の男客は、竹中智久だったと判明した。

竹中は、九月一日に富山の八尾で、松本市内に住む恋人の日野絵利香と風の盆を見物することにしていた。彼はその前に立山のホテルに着き、次の日は山歩きにあててもう一泊し、八月三十日に富山市内のホテルで彼女と落ち合うことにしていた。

ところが彼は、彼女が待つホテルへ現れなかった。不吉な予感を抱いた絵利香は、彼が約束の場所に着かないことを、富山の警察に相談した。憔悴《しょうすい》を抱いて帰宅した彼女は、松本署へも相談にやってきた。

その後も、何日経っても彼からは連絡がない。そのことから警察は、八月三十日の朝、室堂で富山方面行きのバス停に向かう途中、思いもよらない出来事が彼の身に生じ、彼は彼女の待つ富山へいけないし、連絡することもできなくなった。何者かに拉致された可能性が考えられるとして、竹中が住んでいた松本市里山辺の住宅を調べた。

すると、一部屋の畳の下にびっしりと敷かれた新聞紙のあいだから、一万札が二枚舞い落ちた。なぜ畳の下から紙幣が、と捜査員は首をひねった。もしかしたら畳の下には多額の現金が隠されていたのではないか。隠していたということは、銀行にあずけることのできない金だったにちがいないと推測された。彼は多額の現金を鞄にでも詰め込んだのだろう。二枚の紙幣が新聞紙にはさまっていたが、それは彼の目に触れなかった。

竹中は多額の現金を隠し持っていたにちがいないという推測がなされた。このことを知っている者がいた。多額の現金と彼の行方不明は無関係ではなかろうと目されていた。

　多額の現金を所持していたことから、彼は何者かに消されたのではないかという見方もされていたが、彼は生きていた。少なくとも十月六日の朝までは生きていた。

　彼がホテルに滞在していた二日間は好天だった。彼は二日とも午前十時ごろから午後四時ごろまでは外出していたことがホテルの従業員に記憶されている。外出のさい彼はタクシーを呼んでいた。彼の行動を正確につかむために、道原と吉村は白馬の高倉ホテルを訪ねた。

「北海さまは、四日も五日も朝食はホテルでなさいました」

　白いシャツにブルーの蝶ネクタイの女性スタッフは答えた。

　北海三郎の名で泊まった竹中智久は、二日とも午前十時ごろタクシーを呼んでいた。

　タクシー会社へいって、行き先を調べた。十月四日は、スキージャンプ競技場。五日は、白馬岩《いわ》岳《たけ》マウンテンリゾートだと分かった。

　道原たちはジャンプ競技場へいってみた。蒼空のような色のスロープが二本、山の斜面に沿ってかたちのよい傾斜をつくっていた。大型バスが何台もとまっていた。見学に訪れた人たちは大勢いて、リフトに乗って上部へと運ばれていた。道原と吉村もリフトに乗った。頬にあたる風は冷たかったが、斜面を撫でる空気は爽快で、捜査に訪れていることを忘れそうだった。頂上まで登って、白馬村一帯を見渡した。白い壁の建物が四方を山に囲まれた平野に散っていた。鳶が低いところを飛んでいた。高いビルのない平野はのどかである。

　視界にはやがてスキー場になる斜面がいくつも見

えた。斜面の中腹や頂上には小さな建物がある。白馬は四季を通じて一大リゾート地になっている。

リフトを降りると、道原はジャンプのスロープと山の斜面を振り返った。竹中もリフトに乗って競技場の斜面を往復したと思う。彼は観光目的でここを訪れたのではなかったような気がする。なにを目に焼きつけてホテルにもどったのか。

竹中はホテルへもどると部屋でひと休みして、またタクシーを呼んでいた。午後六時にである。行き先は、白馬村では最も規模が大きいといわれている日本料理の「舞の家」。その店の料理が口に合ったのか二日つづけていっている。

舞の家は、民家風のわりに大きい二階建てで、出入口の前では火が燃えていた。

「高倉ホテルに泊まっていて、二日つづきで夕食にきた、四十代前半の男性を憶えているか」

と、舞の家の女性従業員に尋ねた。

「上等なお召し物の紳士の方ですね」

女性従業員は竹中を思い出したようだった。

連れがいたかをきいた。

「お独りでした」

なにを飲み食いしたかをきくと従業員は十月四日と五日の伝票を繰った。

「四日は日本酒を二合お飲みになって、鱒《ます》の塩焼きと、焼き鳥を三串と、野菜の煮物でした」

「五日は」

「その日も午後六時半ごろ、お独りでお見えになりまして、日本酒を二合と、馬刺しと、野菜の天ぷらと、柚子の釜蒸し。それから小さいおにぎりをお召し上がりになりました」

竹中は酒に強いほうではないらしい。彼は二回とも現金で支払いをしていた。

「帰りもタクシーを呼びましたか」

「四日も五日も、歩いてお帰りになったようでした」

ホテルまではゆっくり歩いても十五、六分だ。竹中は、学習塾の経営を放り出して、あちらこちらの観光地でもめぐり歩いているのだろうか。

道原と吉村は、十分ばかり歩いて小さな食堂へ入った。二人ともカツ丼を食べ、カップ酒を買ってポケットに入れ、星空を仰いでから、黒い壁の小さなホテルへ入った。

2

白馬岩岳マウンテンリゾートの入口には二十人ばかりの男女が並んでいた。二十代に見える人たちだ。「日曜や祝日でもないのに」と、吉村は並んでいる人たちを見ていった。

リフトで登った。リフトを降りて建物を出ると、思わずわっと声を上げたくなった。北アルプス・後立山連峰の絶景が目の前に広がっていた。そこは広びろとした高原だった。あちらこちらにテントが張られ、その下に椅子が置かれている。

枯れはじめた草を踏んで、テントの中の椅子に腰掛けた。吉村がコーヒーを買ってきた。四、五〇メートル先の草原では羊が四頭草を食《は》んでいる。ガイド付きバギーに乗って、山頂を一周することもできるという。樹齢が数百年のネズコの巨木や不思議な形をした木々が存在する「ねずこの森」で小鳥のさえずりをきく人もいるらしい。

「氷河が見えるところがあるそうです」

吉村が売店できいてきたことをいった。

「氷河が……」

道原は首をかしげていたが、山頂と思われる高みに登った。そこには四、五人のハイカーがいて、一人が双眼鏡を持っていた。

「二〇一九年に氷河認定された『唐松沢《からまつざわ》雪渓《せっけい》』です」

ガイドのような人がいって、双眼鏡を貸してくれた。

氷河は唐松岳左の一点だ。稜線のくぼみの一か所が白い。かつて道原は八方《はっぽう》尾根から唐松岳に登ったが、氷河が存在することなどきいたことがなかった。

左手から小蓮華山《これんげさん》、白馬岳、杓子岳、白馬鑓《しろうまやり》ヶ《が》岳《たけ》を眺めて、下山した。


白馬村交番へ寄った。交番というと小ぢんまりとした建物を想像するが、ここは警察署とまちがえられるほどの規模である。交番の並びには山岳救助隊の基地がある。

交番で長坂に会って、竹中智久が高倉ホテルに二泊して、ジャンプ競技場と岩岳マウンテンリゾートへいき、夜は舞の家で食事したことを話した。

長坂の話によると、大町市、白馬村、小谷村《おたりむら》の一帯は大リゾート地化しているという。

「白馬岩岳マウンテンリゾートのほかに八方うさぎ平、北尾根《きたおね》高原《こうげん》、白馬五竜《ごりゅう》高山《こうざん》植物園《しょくぶつえん》、白馬コルチナアドベンチャーランドなどが人気で、夏場は渓流下りや、パラグライダーをやる若い人たちがやってくる」

地形と風景に恵まれているので、訪れる人がますます多くなるだろうという。

「ところで、竹中という男は、なんの目的で白馬へやってきたんだろう」

長坂はいった。

「分からない。単なる観光じゃなかったような気がする」

「観光でなかったとしたら……」

長坂は首をかしげた。

竹中は、学習塾の経営者なのに、そのことを忘れたように松本市里山辺から姿を消した。道原は、室堂から姿を消した竹中の服装を想像した。

彼は八月三十日に室堂で姿を消すための服装をととのえて、里山辺の家を出たような気がする。二度とそこへはもどらないつもりだから、手にはバッグを、背中にはリュックを担いでいたのではないか。立山に着くと次の日は山歩きをしていたらしい。翌日は姿を消すつもりでいる者が、山歩きを楽しむだろうか。彼の八月三十日の朝までの行動は、すべて偽装だったように思われる。それとも立山でなにかをさがしていたのか。

「伝さんは、竹中が多額の現金を隠し持っていたらしいっていったよね」

「それは確かだ。学習塾を開設するのに、少なくとも三千万円ぐらいは使ったと思う。その経営はまず順調だったようだから、開設に費やした資金の何割かは回収できていたはずだ。その金は銀行に積んでいて、個人的な費用には引き出さなかった。持ち金がうんとあったからだろう」

「うんとあったというが、その金の出所は」

長坂は顎を撫でた。

「犯罪だよ。だから銀行にあずけられなかった」

竹中が姿を消して一か月あまりになる。どこに住んでなにをしているのか分からない。退屈なので白馬村へ遊びにきて、高級ホテルに泊まり、リゾート施設を見物したのか。

長坂は、Ａ４の用紙をクリップでとめたものを前へ置くと、

「竹中と一緒に登山をしたことがある、木造太平と小金井満造も引っ越しをして、その転居先が不明ということだったね」

といいながらメモを取った。

「そう。竹中をふくむ三人とも現在は居所不明。彼らには一か所に長く住んでいられない事情があるんだ」

「その事情は、犯罪にかかわったからだね」

「そう。該当しそうな事件は起きているけど、証拠を残していないので、三人の犯行だといい切れない」

長坂は、三人の過去を生い立ちから調べてみたらどうだ、といった。過去のどこかに、犯罪に手を貸した原因が存在しているかもしれないという。

道原もそれを考えないではなかった。三人はどこからきて、どこへ消えたのか。三人にも心の古里というものがあるだろう。そこは地の底か、深い山の中か、絶海の孤島か。

長坂と話し合っているあいだに日が暮れていた。

「メシを食っていかないか」

長坂に誘われたが、事件が解決したときに、舞の家でゆっくり飲み食いしたいといって外へ出た。

どこからも人声はきこえない。空を仰いだ。満天の星だ。星座から抜け落ちるように、流れ星が一つとんだ。竹中智久も、小金井満造も、木造太平も、どこかでこの星空を見上げているような気がした。彼らの目に、この小さな輝きの群れが美しいと映っているだろうか。

星空を仰ぐ彼らには、語りかける相手がいるだろうか――

第五章　ひび割れの日々

1

知人などから集めた情報により、本人がどこにどんな足跡を残してきたかを並べることにした。

――竹中智久は新潟市で生まれたが、四、五歳のとき、新潟から富山市へ転居した。一人っ子だった。父親は漁船に乗っていた。彼が小学校へ上がった年の秋、父が乗った船は沖へ出たままもどってこなかった。捜索は十日間ばかりつづけられたが、乗組員六人の消息は不明のままになった。

母は港の近くのカマボコを作る店に勤めていたが、店に入る前と帰宅するさい、岸壁に立って、大声で夫の名を呼んでいた。

そのうちに海を見るのが嫌になったのか、知人を頼って信州の飯田市へ移った。智久が小学二年生になったばかりのころだった。飯田は四月になっても雪が降った。小学校は智久にゴム長靴を支給した。彼はゴムの匂いを嗅いで目を細めた。

下校のさい、決められていた番号の靴棚からゴム長を出すと、左右がカギ裂きにされていた。彼は、クラスの生徒を振り返ってにらみつけた。彼はカギ裂きの被害に遭ったゴム長を履いた。住んでいた家までは約二キロ。畑のあいだの細い道は雪がとけてぬかっていた。その道には黒く塗った橋が架かっていた。橋の下は飯田線の線路だった。橋に並行して赤く塗った水道の鉄管が渡っていた。

学童たちは新品だが破れているゴム長の智久を取り囲んで、鉄管の上を渡れといった。目の下は鉄道線路であるので彼はめまいを感じた。怖《おじ》けていると石を投げつけられた。学童たちのなかに女の子がまじっていた。智久が鉄管を見て震えているのを見た女の子は、下駄を脱ぐと手に持って、鉄管の上を悠然と渡った。

それを見た智久は、ゴム長を手に持った。素足で鉄管を渡り切った。学童たちは手を叩いた。だが智久は学童たちを恨んだ。

中学生になると月に二回、炭材運びと称して山から丸太を運ぶ作業があった。長さ一メートルほどの丸太を背負い子にくくりつけて、町の炭焼き小屋へ運ぶのだった。いつも智久にはひときわ太い丸太が割り当てられた。彼にとってこの作業は苦痛であった。一〇〇メートルばかりよろよろ歩いては休んだ。ほかの生徒は彼を見て笑いながら山を下っていった。

学校では野球が盛んになった。彼はほかの生徒より強い球を遠くへ投げることができたのに、レギュラーメンバーにはならなかった。いつも外野の外で球を拾っていた。

母は建設現場で働いていた。働いている母を見たことがあるが、帽子をかぶって、男と同じように柱や建具を担いでいた。

二、三日、食欲がないといっていた母が作業中に倒れて入院した。その知らせは学校へ入って、智久に知らされた。彼は病院へ駆けつけた。うすく目を開けた母は、彼の手をにぎって、「高校へいくのよ。高校を出ておかないと」といった。それが母の最期の教えだった。彼は三日三晩、「お母ちゃん」といって泣き通していた。

母と智久が住んでいた借家の隣は、水引をつくる家で、若い使用人が二人いた。水引をつくる職人になるために働いている人だった。二人は毎日、白や赤や金銀に染めた和紙を縒《よ》っていた。智久は、その作業を見るのが好きになっていた。

彼は、水引屋に引き取られるような格好になって、高校へ通った。高校では柔道をやった。選手の一人に選ばれて県の大会に出場したが、一回戦で敗れた。

高校を卒業した。水引屋の主人は智久を水引づくりの職人にするつもりだったらしいが、一日中、薄い座布団にすわって、和紙を縒る仕事をしたいとは思わなかった。それを主人にいうと、あてがはずれたのか、大声で、「出ていけ」といわれた。その家には娘が二人いた。彼は、娘の母親に勝手口で見送られた。十八歳だった。

列車で岡谷に着くと職安へいった。諏訪市の老舗旅館が男性従業員を募集していた。そのほかに機械工場や製材所でも募集していたが、旅館なら住む場所をさがさなくてもよかろうと思って応募した。

そこは「虹《にじ》の家《や》」といって諏訪湖畔だった。湖畔の道路には構えのいい旅館が並んでいた。湖には白い船が浮かんでいて、岸辺を走っている人もいた。

虹の家の事務室へ、社長と女将に招かれて面接した。智久は、高校を出たばかりで職歴はないといった。

「初めの二、三年間は、雑用ですよ」と和服の女将がいった。彼はどんな仕事でもかまわなかったので、「よろしくお願いします」といった。

女将には親の職業をきかれた。父は漁師だったが沖へ出たまま帰ってこなくなった。母は過労がたたってか、何日か寝込み、そのまま起きられない人になったと話した。

「ご不幸な目に遭ったのね。……ここには寮もあるし、食事の心配も要らないので、長く勤めてもらえると思う」

女将はそういった。良家育ちのような顔立ちの社長は、「長く勤めてください」といっただけだった。

智久は、その日から寮に入り、六畳の部屋を与えられた。次の日は従業員と顔合わせをしたあと、浴場の清掃をすることを教えられた。それから、宿泊客に会うようなことがあったら、丁寧に頭を下げるようにと教えられた。

旅館の三度の食事は旨かった。夜は客が残したものも食べたが、智久にはご馳走だった。飯田の水引屋の食事が、いかに簡素であったかを知った。

虹の家は人気があるらしくて、満室になる日がたびたびあった。食事が旨いことも繁昌のひとつだと先輩はいっていた。

休みの日は、湖畔のカリンの木の下で本を読んで過ごした。女性従業員から、どんなものを読んでいるのかをきかれた。外国の探偵小説だと答えると、その女性はなにもいわずに去っていった。

智久が虹の家に勤めて四か月が経った暑かった日の夜、一等の客室で東京からきた三十代の女性がクスリを服《の》んで死亡した。その女性は四十代後半の男性と宿泊したのだが、男性は夜中に旅館を抜け出ていた。翌日、朝食の時間が過ぎてもそのカップルは食堂にあらわれなかったので、従業員が部屋へ電話を入れた。応答がないので部屋をうかがいにいった。部屋では女性だけが布団に横になっていた。その寝姿が不自然だったので近寄ってみた。とたんに死亡しているのを直感して、従業員は胸に手をあてた。このような時、旅館は、他の客に知られないように処置することになっていた。まず警察に知らせた。鑑識係が女性の遺体を見て、鼻を近づけた。「クスリを服んだらしい」といっただけで、遺体を裏口から運び出した。

後刻、警察から旅館に連絡があって、「自殺の可能性がある」ということだった。死亡した女性客は男性と一緒に訪れたのだったから、警察は男性がフロントで記帳した氏名や住所を調べていったようだった。「男にフラれた女が、失望して、クスリを服んだらしい」と先輩はいったが、人には喋るな、といわれた。そのとき智久は、以前にも同様の出来事があったのではないかと勘繰った。旅館は、女性が死亡していた部屋には、何日間か客を泊めなかった。

宿泊客の自殺という出来事は、智久の胸に鉛のように重く残った。そして病気で死んだ母を思い出した。彼の手は、次第に冷たくなっていった母の手の感触を憶えていた。

客室での自殺という出来事の約一か月後、客室で盗難事件が発生した。客室へ入った五十代の客が、外出してから財布を客室のテーブルに置き忘れたことを思い出して、旅館へ引き返した。が、テーブルの上へ置いたはずの財布がなくなっていた。男客はフロント係に、「客室へ入った者がいる」とわめいた。外出のさいは施錠するのが常識だが、それも忘れたらしかった。客室へ入ったのは従業員だろうということになり、旅館は、客のいう金額を弁償した。

社長と女将は従業員を集合させ、盗難事件が発生したことを発表し、「客室から財布を持ち去ったのは従業員らしいといわれている」と、二人は約三十人の従業員の顔を見渡した。従業員の何人かの目は智久を向いた。彼は男客が泊まる部屋の廊下を拭いていたのだった。

　彼は何人かの従業員の冷たい視線に耐えられなくなった。真夜中にリュックへ着る物を詰め、一番列車の出る上諏訪《かみすわ》駅へ向かった——

2

——小金井満造は、長野県北安曇郡池田町で生まれた。父親は埼玉県生まれの人だったが、美術館建設の技術者として池田町の工事現場へ派遣されてきていて、母がその間に彼を産んだのだった。

　父親は、美術館建設に携わっていた町役場の若い女性と恋仲になった。そのことが妻である満造の母に知れ、夫婦は争いが絶えなくなり、別居した。

　彼の母は満造を抱いて東京へもどった。母は満造を施設にあずけて働いていたが、収入は少なかった。満造はやがて学校へ上がったが、給食費を納められないくらい困窮していた。隣家のおばさんから焼き芋や菓子をもらう日も少なくなかった。それでも空腹に耐えられず、近所の料理屋や焼き鳥屋の裏口にすわり込んでいた。店は客の食べ残しなどを裏口の桶《おけ》に捨てていた。満造は、その桶に手を突っ込むことがあった。

　彼が小学校の低学年のころから、母は帰宅しない日があった。子どもが三人いる隣家のおばさんは、日に何度も満造の家をのぞいた。母がいないことを知ると、満造を手招きし、食事を与え、風呂に入れた。

「あんたのお母さんは、まだ若いのだから、しかたがないのよ」というのが口癖だった。

満造は母を恨むようになった。中学生になると、どこかで一泊して帰ってきた母を、殴ったり蹴ったりした。

「親に向かって、なんてことをするのよ」

母は手を振り上げた。

「あんたは親なんかじゃない。ここへもどってこなくてもいい。金を持ってたら、全部置いて、出ていけ」

などと怒鳴った。

母が帰宅しない日があることや、たびたび母子で殴り合いの喧嘩をすることが、隣家のおばさんの口から建築技師の父親に知られた。父はおとなしい女性と一緒に暮らしていた。満造は中学二年生のときに、実の父親に引き取られた。中学を転校し、高校へ進んだ。

父は、満造の実の母と正式に離婚した。以後、満造は産みの母とは会っていないようだ。

父は彼に、大学進学をすすめたが、就職を選び、アパートを借りて独り暮らしを始めた。

アパートには四季を問わず、大きなリュックを背負って出掛ける体格のいい男がいた。ピッケルを持って出掛ける姿を見掛けたので、何日か後に声を掛けてみると、登山をしていることが分かった。満造は高い山に登ったことがなかったので、よかったら山へ案内してもらえないかと頼んでみた。

「どうぞ、四、五日休むことができたら、一緒に登りましょう」といってくれた。

そのころ満造は、東京・大田区の金属加工会社に勤めていた。初めての山行は九月で、八方尾根からの唐松岳だった。案内してくれた人は、休むたびに眺望を説明した。山頂の山小屋へ一泊して、八方池から白馬《しろうま》三山を眺めて下山した。その登山がきっかけになって、毎年、夏から秋にかけて単独で山へ登るようになっていた――

――木造太平は金沢市生まれで、兄との二人兄弟だった。彼の家は織り屋と呼ばれていて、高価な物を織っていた。その仕事には両親が従事して、使用人の若い女性が二人いた。

　彼の高校での学業成績は上位で、教師は両親に大学進学をすすめた。

　彼が大学を卒業するころから家業はふるわなくなった。兄弟で家業を発展させるつもりだったが、高級織り物の注文は激減した。そのために太平は家業に従事せず、大学を卒業すると東京の商事会社へ就職した。その会社に勤めているあいだに大型自動車運転の免許を取り、つづけて小型飛行機操縦免許も取得した。

　彼は、事務職が好きでなかったことから、運送会社へ転職し、トラックで長距離輸送に就いていた。長野県や富山県内を走っているうちに、車窓に映る高い山へ登ってみたくなって、登山基地でもある上高地へいってみた。そこでは、これから山へ登る人たちがザックを背負って、バスを降りてきた。高い山から下ってきた人たちが足を伸ばしていた。その人たちに山の名をいって、登るには何時間ぐらいかかるのかをきくと、三、四時間で山頂へ立つことができる山もあるし、六、七時間を要する峰もあると教えられた。

　そこで、上高地から梓川沿いに横尾《よこお》までを往復してみた。途中での休みを入れて約六時間だった。歩いているあいだ、ところどころで川音をきき、川風を受けた。その爽快さが忘れられなくなった。

　彼はトラックで、東京・松本間をたびたび走った。そのたびに諏訪のコーヒーショップで一服した。その店には華奢《きやしや》なからだの若い女性が働いていた。何度か寄るうちにその女性は、福地《ふくち》四季子という名だと知った。彼女は地元の諏訪市出身だった。

　彼女を知って二年あまり経った冷たい雨の日、決められた勤めを終えて帰りかけた彼女を、トラックの助手席に乗せて、自宅へ送った。その途中、「おれの嫁さんになってもらえないか」と、思い切っていってみた。彼女は両手で顔をおおったが、手を開くと、「あなたの嫁にしてくれますか」といい、瞳を光らせた。

　四季子と一緒になると、調布飛行場の近くへ住むことにした。ヘリコプターや小型機で遊覧させるアルバイトをするようになった。彼女は神棚をこしらえ、毎朝、手を合わせた。彼が無事帰宅するのを祈っているのだった。

　彼は四季子を東京上空や島の上空への遊覧に誘ったが、それには一度も応じなかった。

　彼女は二十八歳で女の子を産んだ。出産後は、めまいを起こして、倒れたりうずくまっていることがたびたびあった。病院にも通っていた。

「信州は空気がきれいだから、丈夫になると思うので引っ越す」

　と彼はいった五日後、六トントラックを借りてきて家財を積み、安曇野市へ転居した。

安曇野市に落着くと、市内の花岡《はなおか》という自動車整備工場へ就職した。そこの社長からは有能な従業員とみられていたが、二年間、勤務すると、金沢の実家の事業に就くといって引っ越した。が、実家へは移ってこず、どこへ転居したのか不明。花岡社長の記憶だが、木造太平は四季を通じてマスクをしていた。頬の出来物の治療と、それを化膿させないためだといっていたという――

3

松本署はある企画を考え付いた。

七、八年前から最近までのあいだに、どこかから引っ越してきたが、主人の男がなにを職業にしているのか、どこに勤めているのかも分かっていない世帯をさがす。主人の年齢は四十代。

これを警察庁に提案した。警察庁はすぐに全国の警察に指示を出した。各警察署は管内の各家庭に目を配った。そのことが知れると何軒かから、越権行為だと抗議の声が挙がった。しかし全国の各警察署は密《ひそ》かに捜査をつづけていた。

三月初めのある日、長野中央《ちゆうおう》署が、管内の平《ひら》林《ばやし》一丁目のモンシェリーマンションの三階に、「去年の九月から自称『草刈伸一郎《くさかりしんいちろう》』という四十三歳の男が、独り暮らしをしている。その男の職業は不詳」という連絡をよこした。その男の住民登録を調べたが該当がない。家賃は管理会社の銀行口座に振込み。マンションの家主は、契約時に一度会ったきり。職業は会社員で、勤務先は東京都千代田区の安全精器《あんぜんせいき》株式会社・長野出張所となっていた。

長野中央署は、安全精器の長野出張所を調べたが、そういう会社は東京にも存在していなかった。マンションの住民にきくと、平日に近くのスーパーで買い物をしている姿を見たこともあるし、休日に出掛けることもあるという。

世の中には職業不詳という人はいくらでもいそうだが、現住所に住民登録をしていないし、勤務しているという会社も存在しないという人は珍しいのではないか。

道原と吉村は、長野中央署からの伝達を読んで、顔を見合わせた。

「草刈伸一郎という男に会ってみよう」

道原がいったところへ、大町署から連絡が入った。

「去年の十月、大町市大黒町《だいこくちょう》のこまくさマンションの二階に長篠修二《ながしのしゅうじ》という四十三歳の男が入居した。なにをしているのか不明だが、本人は自由業といって、ものを書いていると家主には話した。平日、部屋にいることもあり、何日間か不在のときもある。独り暮らしで、訪ねてくる人もいない」

それをきいた大町署は、長篠修二の住民登録を調べたが該当がなかった、と伝達してきた。大町署は長篠修二の体格を、家主とマンションの入居者からきいた。身長は一七二センチで、太ってもいないし痩せてもいない。外出時はハンチングか鍔《つば》のあるグレーの帽子をかぶっているという。

長野中央署からモンシェリーマンションに設置と、大町署からはこまくさマンションに設置の防犯カメラがとらえた映像を送ってもらった。

「長野市で草刈伸一郎と名乗っている男と、大町市で長篠修二と名乗っている男は、似ている。もしや同一人じゃないだろうか」

道原は映像を見ていった。次の瞬間、日野絵利香を思い付いた。彼女を署に呼んだ。

長野市で草刈伸一郎と称している男と、大町市で長篠修二と称している男の映像を見てもらった。

彼女は食い入るように見ていたが、急に手に握っていたハンカチを口にあてて、泣き声をきかせた。低く唸るような声も出した。三船課長と道原と吉村とシマコは、絵利香の表情を観察した。彼女は映像を見つづけるのを拒否するように課長のほうを向くと、

「竹中さんです」

と、声を震わせた。

「まちがいありませんか」

課長がきいた。

「竹中さんです。歩きながら頬を撫でるようなしぐさも……」

彼女はハンカチを目にあてて、首を振った。どうして長野や大町に住んでいるのかと、とぎれとぎれにつぶやいた。

彼女を別室に移した。去年の八月三十日の朝を思い出させた。絵利香は竹中からの電話を受けた。彼は、「これからバスに乗る」といった。立山から富山方面へ向かうということだった。

「彼がわたしの待っているホテルに着かなかったときから、最後にいった彼の言葉を何度も思い出しました」

課長も道原も、ハンカチを固くにぎっている彼女を見つめた。

「あの朝、彼は電話で、『気をつけてね』といいました。室堂から富山へ向かってくる彼に、わたしがいうべき言葉でした。彼は室堂でだれかに連れ去られたのではないかと想像していましたけど、

そうではなかったんです。わたしと別れる覚悟をしたのです。わたしを棄てる決心をしたんです。あの時の『気をつけてね』は、『さようなら』だったんです」

絵利香は唇を噛んだ。ハンカチを噛んだ。道原は彼女の取り乱した姿を初めて目にした。

彼女は涙を拭うと、竹中はなぜ偽名でホテルに泊まったり、長野市と大町市に住所を持っているのだろうかときいた。

「本名で暮らしていられない事情があるんでしょうね」

「本名で暮らしていられない。つまり、隠れて住んでいるということですか」

「そう。人に話すことのできない事情が。……離婚したのも、あなたと別れたのも、身を隠すためだったんじゃないでしょうか」

「学習塾の経営は、順調だったようでしたけど……」

「学習塾経営という事業をやったことが、仇《あだ》になったんじゃないかと思います」

「わたしには、いい事業のように見えていましたけど」

「学習塾経営そのものはいい事業ですが、竹中さんが始めてはならないことだったようです」

道原がいうと、絵利香は首をかしげた。

「事業を始めるには、資金がいる。その資金の出どころが問題です」

「竹中さんは、資金を持っていたんでしょ」

「持ってはいたが、その資金の出どころが……」

道原は繰り返した。

絵利香は、刑事の顔色を読んでいるようだったが、首をかしげたままだった。

長野中央署は、市内のモンシェリーマンションへ、草刈伸一郎に会いにいったが彼は不在だった。そこでマンションの家主に断わって、室内を点検した。ワンルームで十畳ほどの広さの部屋の隅には布団が重ねられていて、押入れには衣服の入った段ボールが二つ置かれているだけだった。段ボールの底まで検べたが、現金は入っていなかった。

室内で指紋を検出した。それと、松本市里山辺の借家から採取した指紋とを照合した。その結果、モンシェリーマンションの一室を借りている草刈伸一郎は竹中智久にちがいないということになった。

一方、大町署は、大町市大黒町のこまくさマンションに住んでいることになっている長篠修二に会いにいったが、彼はいなかった。両隣に住んでいる人にきくと、めったに部屋へは帰ってこないという。

この部屋からも指紋を採取した。何人かの指紋のなかに竹中智久の指紋と合致したのがあった。

彼がやってくるのを夜通し待ったが、無駄だった。

長野中央署も、草刈伸一郎の帰宅を張り込んでいたが、やはり帰ってこなかった。

彼はべつの土地に部屋を借り、長野市と大町市に借りていたマンションの部屋を、放棄したのかもしれなかった。

4

三月下旬の暖かい日の夕方、山梨県警笛吹《ふえふき》署から笛吹市石和《いさわ》のマンションに去年の七月から住んでいた夫婦がいた、子どもはいないとの報告があった。夫は四十代半ばで上月照正《こうづきてるまさ》、妻は早苗《さなえ》という名。マンションの両隣に住んでいる人には、静岡市に住んでいたが、温泉地に住みたくなって引っ越してきたと語っていた。

上月はマンションから北へ三〇〇メートルほどのところの農家から土地を借りた。三〇メートル四方の畑だが、作物をつくらず、あちこちを掘っている。それを見た人たちは上月という人は考古学者か、それに近い職業で、なにかを読んで、そこを掘れば貴重な器類か、または人骨か動物の骨でも出てくるのではないかとみて、掘っているのではといっている。

「いや、温泉だろう。掘っているうちに温泉が噴き出るのを期待しているにちがいない」

と、みている人もいる。

作物をつくらず、畑を掘っているだけでは収入は得られないので、

「生活《くらし》の心配のいらない金持ちなのではないか」

ともいわれている。

笛吹署は、上月照正の住民登録を調べたが該当がなかった。そこで前住所と本人がいっているらしい静岡市に、住民登録を照会した。だが静岡市にも該当がなかった、という報告をよこした。

「畑を掘り返している。ほかにやることがないので、仕事をしているように見せかけているんじゃないでしょうか」

笛吹署からの報告書を読んで吉村がいった。報告書には鍔のある白い帽子をかぶって、畑のなかにしゃがんでいる男の写真が貼付されていたが、人相は分からなかった。

「あした、その男に会いにいこう」

道原はいって、笛吹署からの情報をノートにメモした。

「そういえば石和温泉は、何年も前、畑から急に熱湯が噴き出し、そこを工事して温泉地にしたのがはじまりと、なにかで読んだ憶えがあります」

吉村だ。

「そうだ。私もなにかで読んだ。現在はホテルや旅館が何軒もある温泉地だ」

道原と吉村は、車で笛吹署へいくことにした。

甲府盆地にはぶどうやももの果樹園が多い。もう半月もすると果樹は芽を伸ばして、畑は萌黄色に染まりはじめるだろう。

笛吹署員に案内されて笛吹川の近くへ向かった。道路の両側にはホテルのビルがいくつも並んでいた。風のない好天だ。

上月夫婦が住んでいるのは河内《かわうち》マンションで、ぶどう園にはさまれていた。夫婦は二階に住んでいるという。

その部屋には表札は出ていなかった。ドアに声を掛けたりノックしたが応答がない。

隣室のドアが開いて白い髪の女性が顔を出した。

「お隣さんは、ゆうべ遅くに、荷物を運んでいたようでしたよ」

白髪の女性は眉間に皺を立てていった。

「荷物を運んでいたというと……」

吉村がきいた。

「引っ越したんじゃないでしょうか」

「ゆうべの何時ごろでしたか」

「九時すぎでした。わたしは毎晩、夜九時からのテレビニュースを観てから寝《やす》みます。ニュースを観ていたら隣の部屋で物音がするので、ドアの隙間からそっとのぞきました。するとご夫婦が箱のような物を運んでいました。じろじろ見るのは失礼だと思ったので、ドアを閉めました」

女性は拝むように両手を合わせた。

マンションの家主は、ぶどう園をはさんだ先の河内という農家だった。上月夫婦は引っ越したのか、と主人にきいた。

「引っ越し。いいえ。どうしてですか」

陽焼け顔の主人は腑《ふ》に落ちない表情をした。

道原は、隣室の女性の話を伝えた。

主人は、マンションの部屋の鍵を手にした。駆けるようにマンションへいき、上月夫婦が住んでいた部屋へ声を掛けた。もとより応答はなかった。

部屋へ入った。新聞紙や週刊誌などがちらかっていた。台所に小さな棚があったが、そのなかは壊れたグラスが入っているだけだった。

「夜逃げですね」

主人は、道原と吉村を振り向いた。その顔は、なぜ断わって引っ越さなかったのかといっている。

奥の部屋は和室だったので、畳を上げてみた。わずかに埃が舞い上がっただけでなんの変化もなかった。

道原は、上月夫婦はなぜ昨夜、逃げるようにここを出ていったのかを、笛吹署員にきいてみた。

「私たちはきのう、畑を掘っている上月を二度も三度も、車のなかから観察しました。彼はそれに気付いたんじゃないでしょうか」

そうにちがいない。それで早晩、警察へ呼ばれそうだと気付き、すぐさま転居の準備をしたのだろう。

そうだとすると上月には、警察に調べられたり、尋問を受けたりされたくない事情があるにちがいない。毎日のように畑を掘り返している理由についても追及されるが、納得のいくような返答ができなかったような気がする。

夜逃げをしたのだから、どこへいったかを突きとめる必要がある。そして夜逃げをしなくてはならない事情だ。

上月が、鍬《くわ》やスコップで黒い土を掘っていた場所を見にいった。約七メートル四方を掘り、掘った土を左右に盛り上げていた。その深さは三〇センチ程度。温泉が噴き出るほどの深さではない。そこに鍬とスコップが放り込んだようになっていた。盛り上げた土には器のかけらのような物もまじっていなかった。なんのために掘ったのか、その理由も目的も不明である。

夫は鍬やスコップを使って土を掘っていたが、妻はなにをしていたのか。同じマンションに住んでいる人や、近所の人は早苗という名の妻を何度も見ていた。会えば黙って頭を下げた。季節に合った地味な服装をしていて、ほぼ毎日、スーパーへいって長時間食品を見てまわっていた。川の土手を散歩している姿を見たという人もいた。要するに家事をしているのであって、他に仕事は持っていないようだったという。

上月夫婦には乗用車があった。妻が運転するのを見たことがあるという人がいた。

夜逃げのさい、乗用車には荷物を積みきれなかっただろう。小型にしろ中型にしろトラックが必要だったと思われる。レンタカーを利用したか、あるいは協力者がいたことも考えられる。笛吹署は、上月夫婦と付合いがあった人についての聞き込みをはじめた。

聞き込みの効果は五日後にあった。河内マンションから西に約三〇〇メートルのところに、指物《さしもの》大工の武居《たけい》という家があり、父と息子で注文を受けた家具や建具をつくっている。父と息子は大の将棋好きであることが知られており、殊に息子は将棋の県大会に出て、準優勝にまでなって、「棋士」と呼ばれている。上月はどこかで武居親子のことをきいて、「ご指導を仰ぎたい」とでもいって、指しにいったらしい。それが縁で、週に二回は夜間武居家へ指しにいって、父と息子と対戦していたことが分かった。

　笛吹署員は、「上月夫婦は、夜逃げのように引っ越しをしたが、知っていたか」と武居親子にきいた。

「知りません。今夜も指しにくるんじゃないかと思っていました」

と、父親は駒を指す手つきをした。

　道原は武居に、上月照正と名乗っていた男の顔立ちをきいた。

「目が細くて、頬はふっくらと丸くて、やさしげです」

　体格をきいた。

「身長は一六五センチぐらいで、肩幅が広いほうです」

　上月照正と早苗と名乗っていたのは、去年の六月下旬、東京の中野区からいなくなった小金井満造と妻ではないか。

　小金井については重大事件の疑いがかけられている。その事件は去年の七月に発生した。塩尻市に住んでいた大芝文成という会社員と食事をした。そのあと大芝は、背中を棒のような物で殴られてから奈良井川に突き落とされて死亡した。その殺人事件の加害者が小金井満造に似ているのだ。

　彼は、九年前までの約八年間、東京・渋谷の信和防災という会社に勤めていたが、その後の職業は不明だった。

　将棋の好きな武居父子《おやこ》のほかに、上月と知り合っていた人がいないかを、笛吹署員とともにさがしている最中に、ひとつの情報が入った。昨日の夕方、笛吹市内の甲南《こうなん》カントリークラブというゴルフ場から、機材運搬に使われていたトラックがなくなっていた。ゴルファーが乗り逃げしたとは思われないので、盗まれたものと判断して警察に届け出た。緑色の四トントラックだという。乗り逃げだったとしたら、トラックはどこかで見つかるだろうと思われているが、どこからも情報は入らないという。

「もしかしたら……」

　笛吹署員と道原たちは顔を見合わせた。

5

　警視庁滝野川署から、正体不明の一家族についての報告があった。

　管内の北区田端新町《たばたしんまち》に「西野《にしの》荘」という木造二階建てのアパートがある。どこからきたのかは不明の家族が一階の西端の部屋に住んでいる。滝野川署員が注目したのは、主人は四十代半ばの働き盛りなのに、どこかに勤めているようでもなく、自営の仕事をしているふうでもないという情報を入手したからだ。

　その男の名は木下高士《きのしたたかし》。現住所に住民登録もしていない。アパートの家主には四十四歳だといっている。彼は体格がいい。身長は一七〇センチぐらいだが、肉づきがよくがっしりしている。外出時は白いマスクをしており、顔のつくりを正確に知ることはできない。ただ、眉は太くて濃い。目は大きいほうで鋭そう。大股で両手を振って歩く格好が近所の人たちに知られている。

木下高士については不審な点がいくつもある。アパートの家主からきいたが、妻の名は静子《しずこ》。四十代半ばの彼女は病弱らしく、ときどき杖を突いて歩いているし、顔は蒼白で痩せている。道で立ちどまって咳《せき》をしている姿を見た人もいる。近所の人がいうには、薬局でクスリを買っているのを見たことがあるし、病院へはかかっていないもよう。

それから娘である。糸《いと》という名で背が高くて顔立ちがととのっている。高校生ぐらいの年齢だが学校へはいっていない。いつも上質の物を着て、母親と一緒に外を歩いている。

木下高士の部屋を訪ねた滝野川署員は、彼に会って職業をきいた。すると彼は、「植物の研究をしています」といって、『植物の図鑑』と『散歩道に咲く草花』という本を見せた。

「私は毎日のように外を歩いて、道端の草花を写真に撮ったり、外来種か本来国内のものなのか、食べられるものか、毒性を含んでいるかなどを研究して本にしているんです」

といった。

署員は本のタイトルをメモして、書店で植物の本をさがした。同種のものが何点かあり、そのなかに木下高士の著書が三点重ねられていた。そのうちの一点には木下高士の年齢と出身地と経歴が載っていた。

木下高士は都内の有名大学を卒業していて、六十代だった。出版社に電話をして住所を教えてもらった。新宿区下落合《しもおちあい》だった。そこへ電話すると木下高士本人が応答した。すると北区田端新町の西野荘に住んでいる男は、だれで、なぜ偽名を使っているのか、ほんとうの職業はなにか、どこからきたのかということになり、滝野川署は松本署の「不審者」の呼び掛けに応えたのだった。

　東京の北区田端新町に住んで、木下高士と名乗っている男はずうずうしいというか大胆だ。実在する人物の名を騙《かた》り、実在する人物の著書を買って、自分の書いたものだなどと称している。そういう嘘《うそ》がばれたときはどうするつもりだったのか。

　道原と吉村は、木下高士を名乗っている男に会うために列車で東京へ向かった。松本ではサクラの蕾《つぼみ》がふくらんだところだったが、東京では散っていた。道の端にたまっている花びらが風に吹かれて舞い上がっていた。川は花筏《はないかだ》を流している。

　木造アパートの西野荘は年数を経た建物だった。壁の板には色が変わった部分があった。

　滝野川署からは、木下高士と家族は一階の西端の部屋に住んでいるという報告を受けていた。その部屋には表札は出ていなかった。声を掛けたりドアをノックしたが、応える人はいなかった。

　アパートの家主の西野家は近くだった。門構えの大きな家である。声を掛けると白髪まじりの太った主婦が、白い小型犬を抱いて出てきた。西野荘に住んでいる木下という人に会いにきたのだが、というと、

「木下さんは、きのう、引っ越しましたよ」

　といわれた。引っ越し先をきいたが、主婦は知

らないと答えた。

「家賃をちゃんと入れてくれていましたので、ご主人の職業なんかをきいたことはありませんでした。ご主人は体格がよくて丈夫そうでしたけど、奥さんはからだが弱そうでした。まだ若いのに、杖を突いて歩いている姿を見たことがあります」

道原がきいた。

「娘が一人いたと思いますが」

「ええ、すらりとした背の器量よしの十五、六歳の娘さんでしたけど、学校へはいっていませんでした。からだの弱いお母さんのお世話をするので、上の学校へはいかなかったんじゃないでしょうか。……半年ほど前ですが、田端駅の向こうへ用事があっていったら、八幡《はちまん》神社から木下さんの三人が出てきたので、挨拶しました。そうしたらご主人が、ときどきお参りにくるのだといいました」

主婦は木下を無職だとみていたようだ。

「地元の警察が調べたところ、木下は草花に関する本を書いていると、訪ねた署員に語ったそうです。ですがそれは嘘だと分かりました。木下高士という名も、偽名と思われます」

道原がいった。

「偽名……」

主婦は板の間へ犬を下ろした。犬は主婦の顔を仰いで行儀よくすわった。

「入居のさい、住民登録などを確認しなかったんですね」

「していません。入居のとき、住民票を見せてくれた人はいましたけど」

「木下高士と家族は、滝野川署員が訪ねてきたので、急に引っ越したんじゃないでしょうか」

「そうでしょうか」

主婦は手を組み合わすと、二重になっている顎にあて、不安そうな顔をした。

「奥さんは、木下の顔の特徴を憶えていますか」

「顔の特徴……」

　彼女は首をかしげていたが、思い出したというふうに、

「ご主人は、いつもマスクをしていました」

　疫病が流行していた時期でもないのに、いつも白いマスクをしていたという。これはかえって人の記憶に残ることではなかったか。本人にもそれは分かっていたが、マスクをはずして外に出ることは憚られた。顔の一点には人に見られたくない一種の痕跡のようなものが歴然としているからではなかったか。その痕跡は、マスクよりも目立つものだったような気がする。

　木下高士を名乗っていた男は、木造太平にちがいないとみたので、彼の戸籍簿をあらためて見ると妻の名は四季子で、娘の名は糸だった。病弱の妻を連れて木造太平はどこへ消えたのか、と道原と吉村は腕組みした。首をひねっているうちに吉村が、

「木造の妻の係累にあたってみるというのは、どうでしょうか」

といった。どんな方法でも思い付いたことはやってみることだと、道原はうなずいた。

　妻四季子の本籍は、長野県諏訪市。彼女の戸籍には彼女の妹が二人載っていた。妹たちの住所が分かった。

　上の妹は宮坂春枝《みやさかはるえ》で、諏訪湖畔の「麦屋《むぎや》」という古いそば屋へ嫁いでいた。

　下の妹は大杉冬美《おおすぎふゆみ》で、会社員の夫と甲府市内に住んでいることが分かった。

大杉冬美を訪ねることにした。彼女の自宅は、ミレーの絵で有名な山梨県立美術館の近くの立派な構えの二階建てだった。木塀のなかにはヒノキの一種の千手《せんじゅ》とイロハモミジが枝先をのぞかせていた。

インターホンの音をきいてか、庭にいるらしい犬が吠えた。つづいて女性の明るい声が応えた。警察の者だというと、すぐに下駄の音をさせて女性が出てきて、門のくぐり戸を開け、「どうぞ」といった。その人が冬美だった。白い犬は二人の男を見て、二声三声吠えたが、尾を振っていた。

道原は名乗ると、

「四季子さんのことをうかがいにまいりました」

といった。

彼女はうなずいたが、片方の手は胸にあたっていたし、眉にはいくぶんの曇りがあった。

「四季子さんは、信州の安曇野市に家族と住んでいたことがありますが、それはご存じですか」

「知っていました。調布市に住んでいた姉から電話があって、急に引っ越すことになったといっていました。引っ越した先が安曇野だときいたので、いいところなんでしょときくと、高い山が見えて、風景はきれいだけど、なんとなく落着けないし、からだの具合がよくない日があるといっていました。……姉のようすを見にいかなくてはと思っていましたら、今度は東京へ引っ越したと連絡してきたので、びっくりしました」

「東京の転居先へは……」

「気になってはいましたけど、まだいっていません」

道原はポケットからノートを取り出して、ひと目見てから冬美の顔を見直して、四季子と家族はまた引っ越し、どこへいったのか不明だといった。

「また引っ越した……。たびたび引っ越しをする。なにか事情があるのでしょうか。事情といったら、以前、トラックの運転手をしていた木造さんのほうにでしょうけど」

　冬美は、拝むように胸で手を合わせた。

「四季子さんの夫は、木造太平という人ですが、東京北区田端新町の西野荘に住んでいた男は、木下高士という名を使っていました。……木下高士という人は実在している。植物学者で何冊も著書がある人です。木造はその人に化けて暮らしていたんです」

「他人に化けて……。わたしは何年か前に諏訪で木造さんに会っていますけど、他人の名を騙って暮らすような人には見えませんでした。なぜそんなことをしているのでしょう」

「本名を明かすことができないからだと思います。あなたが木造太平に会ったのはいつごろですか」

「八年ぐらい前、もう少し前だったかも」

「そのとき木造は、マスクをしていましたか」

「いいえ。していませんでした。眉が濃くて、目が大きくて、唇の厚い人だったのを憶えています」

「その後は、会っていないんですね」

「はい。姉には何回か会っていますけど」

　現在の木造は、外出時にはかならずマスクをしているようだ、と道原は話した。

「顔を隠しているということでしょうか」

「そのようです。顔の一部を人に見られないようにしているのだと思います」

「顔の一部を……。腫《は》れ物でも出来たのか、それとも怪我でもして……」

　彼女は瞳を動かし、首をかしげた。

「四季子さんはからだが弱いのか、杖を手にして歩いていることがあるそうです」

「杖を。そんなに弱っているのかしら」

　冬美は眉を寄せた。彼女の話によると四季子は六、七年前に胃ガンの手術をした。そのためか極端に食が細くなって痩せたのだという。

　近所の人がいうには、静子と名乗っている四季子と思われる女性は、病院へいっておらず、町の薬局でクスリを買っているようだ。道原が想像するに彼女も夫も娘も、住所に住民登録をしておらず、偽名で暮らしていた。したがって健康保険証を持っていなかったのではないか。

「なんだか、惨めな生活《くらし》をしているようですね。木造さんは他人の名を使って化けていた。……生活を立てていく資金を得る手段があったのでしょうか」

「あったのだと思います」

　道原ははっきりした口調でいった。

　冬美は空を向いた。左手の指はシャツのボタンをまさぐっている。姉の四季子の行方と、杖を手にして歩くというからだの具合を気遣っているようだった。


　道原たちは、四季子のもう一人の妹に会いにいった。妹は宮坂春枝といって、諏訪市諏訪湖畔の「麦屋」という老舗そば店へ嫁いだ人だ。

　道原は、麦屋で食事したことが何度もある。固茹でで黒ずんだそばには角がある。それにとろろをつけて食べるのが大好きだ。

店が空きそうな午後三時を待って、裏口に声を掛けた。大きい声がして戸を開けたのが春枝だった。彼女は冬美と似ていたが冬美より背が高かった。

調理場の奥のほうでは、何人かが椅子に腰掛けて食事をしていた。

四季子についてききたいことがある、と道原がいうと、

「さっき、甲府の冬美から電話がありました」

冬美は、たぶん四季子か家族のことを尋ねに刑事がいくだろうといったのだろう。

冬美からの電話をきくと春枝は四季子に電話した。が、その番号は使われていなかった、といった。

春枝は、二人の刑事を店の隣の居宅へ案内した。和室へ通された。赤黒い座卓は顔が映りそうだ。床の間には薄墨で流れるように書かれた掛け軸が下がっていた。道原は読めなかった。吉村の顔にきくと、彼は首を横に振った。軸の前には薄緑色の壺が飾られていた。その壺に顔を近づけようとしたところへ、春枝はお茶を持ってきた。

「最近、四季子さんにお会いになりましたか」

道原は春枝の顔をじっと見てきいた。

「六、七年前に会ったきりです」

「どこでお会いになりましたか」

「安曇野市の豊科駅の近くの店で会いました。痩せていたので、手術後の具合がよくないのかとききましたら、ご飯をおいしく食べられないからだといっていました。さっきの電話で冬美は、『お姉ちゃんは杖を持って歩いているらしい』といって、泣いていました。わたしもその姿を想像して……」

彼女は目に片方の手をあてた。

「いつも娘さんが付き添って、外を歩いていたということです」

「あの子、高校へはいかなかった……」

春枝は両手で顔をおおった。

彼女は目を拭うと、どこへ引っ越したのかも分からないし、電話も通じない。それはどうしてなのか、と道原にきいた。その真相は道原も知りたかったが、

「夫の木造が、だれとも連絡を取り合うなといっているんじゃないでしょうか」

といった。

「そうだとしたら、その理由はなんでしょう。何度も引っ越したり、電話番号を変えるか使えなくする。まるで逃げまわっているようです。なにか悪いことでもしたのでしょうか」

「なにをしたのか分かりませんが、木造は他人の名を騙っていた。そして、東京にいるあいだは定職に就いていませんでした」

「それでも生活していけたんですね」

それがおかしい、というふうに道原は首をひねった。その拍子に、竹中智久が住んでいた松本市里山辺の一軒屋の畳の下から発見された、二枚の一万円札が頭に浮かんだ。

第六章　偽装

1

長野市の千曲《ちくま》川に近い川中島《かわなかじま》古《こ》戦場《せんじょう》史跡《しせき》公園脇の道路に、何日か前から緑色のトラックがとまっているという通報が、近所の住民から長野南署に寄せられた。そのトラックのナンバーは全国に手配されていた。山梨県笛吹市の甲南カントリークラブ所有の車両で、一週間前にゴルフ場内から盗まれていた。

長野南署はそのトラックを点検したが、荷物は積まれていなかった。運転席に目を配り、何人もの指紋と毛髪を採取した。

採取した指紋を笛吹署に送った。笛吹署は、上月照正と早苗という夫婦が住んでいた河内マンションの部屋から採取した指紋と照合した。その結果、ぴたりと一致した指紋があった。トラックから採った指紋は、三月二十一日の夜、逃げるように引っ越した上月照正のものと断定した。

マンションの部屋を借りるさいの契約書には連帯保証人が記されていたので、その人をあたったが、該当がなく、そこに記されていた電話番号もでたらめと分かった。

松本署は、去年の六月、東京・中野区江古田から突然引っ越した小金井満造の行方を追っていた。その結果、笛吹市のマンションに住んで、近所の人から借りた土地を掘り返していた上月と名乗っている男は小金井ではないかとにらみ、江古田の住所から採取した指紋とも照合した。小金井には、塩尻市に住んでいた大芝文成殺しの事件の関係者という疑いがかけられている。

　甲南カントリークラブのトラックは見つかって、ゴルフ場へもどされたが、乗り逃げしたと思われる小金井満造の住所は分かっていない。

　長野南署は、トラックを乗り捨てた者が住んでいるところをさがしているが、そこはトラックがとめられていた付近とはかぎらない。むしろ遠くはなれたところではないか。しかし長野市内の可能性もあると同署はにらんだ。長野市の人口は約三十七万人。そのなかに埋没している夫婦をさがしあてることは容易ではないだろう。笛吹市から逃げ出した小金井は、人口の多いところを狙って隠れ住むことにしたのではないか。

「夜逃げといっても、引っ越しです。多少の家財が要る。住んでいたところをいきなり飛び出したんじゃなくて、次に住むところを決めてから出ていったんでしょう。小金井には長野市内に知り合いがいるんじゃないでしょうか」

　吉村が道原にいった。

「知り合いか。長野市には知り合いはいないと私は思う。知り合いだと、そういう者から情報が漏れる心配があるじゃないか。逃亡者というのは、それまで縁のなかったところへいきたがるし、知り合いとも連絡を取り合わないものだ」

「逃亡者……。小金井は、どうして逃亡者になったんでしょうか」

　吉村はガムを口に入れた。

「小金井だけじゃない。竹中智久も、木造太平も逃亡者だ。三人は、いや三人だけじゃないかもしれない。その連中は重大な犯罪にかかわっていることが考えられる。大金がからんだ犯罪のような気がする」

　道原と吉村が話し合っているところへ、長野南署から情報が入った。ゴルフ場のトラックが乗り捨てられていた近くの防犯カメラが、三月二十二日の早朝、東京ナンバーの乗用車をとらえていた。三月二十三日と三月二十五日の日中にも同じ乗用車が市内のカメラに写っていた。その車のナンバーから所有者を照合した結果、小金井満造のものと判明したという。

　このことから小金井は長野市内に住んでいる可能性があると判断した。長野市の各署は、小金井が住むことにしたマンションかアパートか貸家をさがしはじめたし、小金井の乗用車もさがした。

　小金井は笛吹市では、上月照正という偽名を使っていた。長野市内に住むことにしたとしても、同じ偽名を使うとはかぎらない。

　三船課長が道原の席の前へ立つと、

「長野へいって、小金井満造の居所さがしに協力しようじゃないか。うちからは十名ぐらいは出せるだろう」

　といった。

　道原はうなずいたが、次の瞬間、あることを思い付いた。松本市里山辺の竹中智久が借りていた住宅から見つかった「高級車に乗るな」からはじまる「訓戒」に似たものの文字だ。彼はそれをデスクの引き出しから取り出して読み直した。

「もう一度、笛吹市へいってきます」

「上月照正と名乗っていた男のことを……」

　課長は首をかしげた。

「上月と名乗っていた小金井らしい男は、マンシヨンの部屋を借りるさい、契約書に署名しているはずです。その文字と、この『訓戒』の……」

「文字を照合するんだね」

道原は、「そうです」といって「訓戒」のコピーを手にして立ち上がった。

車を吉村に運転させて、笛吹市の河内家へ着いた。上月照正が署名したマンションの契約書を見せてもらった。ボールペンで書いたらしい文字は大きめで右下がりで、震えているように波打っている文字もあった。「訓戒」の文字と比べた。その文字はまったく似ていなかった。

道原は、アテがはずれたとは思わなかった。彼は吉村の尻を叩くようにして東京へ向かった。北区田端新町の西野荘アパートの家主を訪ねた。そこでも木下高士がアパートの部屋を借りるさいの契約書を見せてもらった。角ばった大きめの文字はかたちがよかった。その文字は、「訓戒」に並んだ文字にそっくりだった。だれが書く文字にも一種のクセがあるが、双方を比べるとその文字はそっくりだった。つまり「訓戒」は、木下高士と称していた男が書いたものにちがいない。「木下高士」は木造太平の偽名だ。彼は部下を戒めるように「訓戒」を書いて手渡した。彼は一群の長《おさ》であった。その一群は何人の集まりかは分かっていない。推測では犯罪にかかわっているにちがいないということだ。

竹中智久が「訓戒」を持っていたことから、木造太平とは深くかかわっていたらしいことがうかがえる。

あらためて「訓戒」を読むと、竹中は戒めに背いていた。「目立ったことをしない」という戒めを無視するように学習塾を三か所に開いた。それが一群の長に知られた。彼はやがて学習塾開設の資金はどこから得たのかと追及される。それを怖れた者たちの手によって、彼は室堂で消されたものとみていたが、じつは生きていた。信州白馬村の高級ホテルに泊まって、ジャンプ競技場やマウンテンリゾートなどを見物していた。長野市内や大町市内に借りていたマンションや宿泊したホテルでは偽名を使っていた。そして職業には就いていないようだった。松本市内と岡谷市内に開いていた学習塾経営を放棄した。それは生きていたいためのようだ。生きるために数千万円の金を費やしたものを棄てなくてはならなかった。親密な間柄の女性とも別れなくてはならなかった。

竹中は、風に吹かれてさまよっているようだが、生きていくためにやらねばならないことを練っているようにも思われる。生きていくために、彼に「訓戒」を押しつけた人物を消さねば、と計画しているのではないだろうか。

2

松本市でサクラの開花が発表された日の夕方、松本城の北にあたる松本神社と裁判所の前で交通事故が発生した。松本城の背中を見る位置に信号がある。その信号が青に変わって四、五人の男女が道路を横断しはじめた。と、まるで信号が変わるのを待っていたかのように、西側から一台の乗用車が走り出し、横断歩道を裁判所側へ渡ろうとしていた男性をはねた。道路を横断しようとしていた他の男女は、道路を渡りきると顔をひきつらせて、凍ったように動かなくなった。信号を無視して男性をはねた車は、スピードを上げて走り去った。轢《ひ》き逃げである。

　それを目撃した一人の男性は気を取り直すと一一九番通報した。もう一人は一一〇番へ電話し、わめくように、「歩行者をはねた車は、走り去った」といった。若い男性と女性は、道路上に倒れている怪我人の男性を、裁判所側の歩道へ運んだ。信号は、事故の発生など知らないといっているように、赤に変わり青に変わっていた。

　パトカーにつづいてサイレンを鳴らして救急車が着き、怪我人を担架にのせて車へ運んだ。

　救急隊員は警官と二言三言会話して、サイレンとともに走り去った。

　警官は、信号機を操作し、赤にした。べつの警察車両がやってきて、作業服の警官が二人、道路に膝をついたり、路面にライトをあてたりした。

　警官は、歩道に立って震えている数人から歩行者をはねて走り去った車の特徴や、その車を運転していた者は男か女かなどをきいた。轢き逃げ車両の色はグレーだったが、ナンバーなどは記憶されていなかった。

　病院へ収容された被害者の男性は気を失っていたが、意識を取りもどし、苦痛を訴えた。腰と左腕を強打されていたのだった。

　彼は上着の内ポケットに運転免許証を入れていた。氏名は小金井満造、四十四歳。住所は東京都中野区江古田。

　東京に住んでいる人が松本市内を歩いていても不思議ではない。観光旅行中だったことも考えられた。医師と看護師は、「ご家族に連絡をしますが、ご自宅にはどなたかがいますか」

　ときいたが、怪我人はそれには答えず、ただ苦

痛を訴えつづけていた。事故から三日目、怪我人の容態を見に訪れた警察官に、

「家内のようすはどうか」

と、うわ言のようなことを口にした。妻がどうしたのかをきくと、病院に入院中だといった。どうやら彼は、妻の入院先へいく途中に轢き逃げの被害に遭ったらしいということになり、妻の入院先を尋ねた。が、意識が混濁していてか病院の名を思い出せないようだった。妻の名をきくと、富貴だと答えた。

彼は歩いていたのだから妻の入院先は、轢き逃げ事件現場からはそう遠くないだろうとみて、いくつかの病院へ、小金井富貴という入院患者がいるかと照会した。

該当があった。小金井富貴は心臓の疾患で二週間前から開智《かいち》病院に入院していた。毎日、ようすを見にきていた夫が何日もこないし、電話も通じないので、どうしたのかと案じていた、と妻は警官に話した。警官は、夫の災難を妻に話した。妻は泣いて、夫の入院先へいきたいと訴えた。

医師に相談して、看護師同行で夫の入院先を訪ねることにした。夫の小金井は、ベッドに横になってかすんでいるような目をしていたが、妻だと分かったらしく、ベッドから腕を伸ばした。

この交通事件が、交通課から三船課長と道原の耳に入った。轢き逃げの被害に遭った小金井満造は、指名手配中の人物だった。

小金井は、山梨県笛吹市のマンションに上月照正の名で住んでいたもよう。近所の農家から土地を借りて土を掘り返していたが、三月二十一日の夜、家主に無断で引っ越した。夜逃げである。市内のゴルフ場から盗んできたトラックに家財を積

んで逃げたようだった。そのトラックは長野市内で見つかっている。

小金井の妻富貴の入院先から住んでいたところが判明した。松本市沢村《さわむら》の大門沢荘《だいもんざわそう》というマンションだった。彼女が病院へ提示した健康保険証は東京都発行で、住所は、小金井の運転免許証と同じだった。

「小金井は、何者かに生命を狙われていたんじゃないか」

課長が道原にいった。交通事件は偶発でなく故意だったものではないかというのだ。

松本署は、松本市内はもとより県内の自動車整備工場と板金工場などに、不審な損傷個所のある乗用車が修理に持ち込まれたら、すぐに連絡することという指示を出した。

小金井満造は、全国に指名手配されている男である。彼は去年の七月、住所が塩尻市の大芝文成と塩尻市内で夕食を共にした。その帰り道で大芝は殺害された。その加害者は小金井とみられていた。なぜ小金井が大芝を殺すことになったのかは分かっていない。大芝が小金井の秘密でもにぎったのかもしれないが、小金井は、わざわざ塩尻へいって、大芝に会っている。大芝は、小金井に殺されることなど微塵《みじん》も想像していなかったようだ。

大芝を殺害したのを最も恨んでいるのは、彼の妻ではなかったか。もしかしたら妻は、人を遣《や》って夫をこの世から消した犯人をさぐっていたのか。その結果、夫と一緒に山に登ったことがあった小金井を割り出した。小金井には不審な面がいくつもあった。笛吹市に住んでいるあいだは上月と名乗って畑を借り、なにかをさがすようにそこを掘っていた。それは職業とは思えなかった。付近の人たちは鍬やスコップを持つ彼を見て首を傾げていた。が、三月のある夜、住所のマンションから夜逃げをした。

大芝の妻はなんらかの方法で、小金井の妻の入院先をつかみ、その病院へ出入りする彼を監視しつづけていたのではと想像した――


道原と吉村は、大芝しず江に会いにいった。

彼女は自宅近くの製麺工場に勤めていた。

彼女は、小さな音のする工場から出てくると、白衣を脱いで丸めた。痩せ型だ。三十九歳で男の子が二人いる。中学生と小学生だ。

「二人のお子さんは、お父さんが事件に遭って亡くなったことを、知っていますか」

道原は声を低くしてしず江にきいた。

「知っています。二人にはわたしが時間をかけて話しました。二人とも涙をためていましたけど、わたしの話をきいてくれました。……中学と小学校の先生が家へきてくださったので、主人は事件に巻き込まれたことを話しました。小学校の先生は女性です。その先生は次男を抱きしめて、『学校を休まないでね』といいきかせてくださいました」

彼女は話すと、唇を噛んだ。

「奥さんは、ご主人を殺した犯人をさがすようなことは絶対にしないでください。そして、事件に関係がありそうだと思ったことがあったら、警察へ知らせてください」

道原がいうと、彼女は唇を噛んだままうなずいた。

彼女は、夫がなぜ殺されたのかを、日夜考えているにちがいない。だれかに恨みを買うような行為をしたことがあったのだろうかと、夫と過ごした年月を何度も振り返ってみただろう。

「犯人はどういう人間なのかの割り出しについて、どなたかに相談しましたか」

「いいえ。そんなことを相談できるような知り合いはいません」

彼女は道原をにらむような目をした。

彼女は、登山好きの平凡な会社員の妻だった。夫が、重大事件を惹起《じゃっき》するような人と付合っていたことなど、夢にも思わなかったようだ。

大芝文成は小金井満造に殺《や》られたものと警察はにらんでいる。大芝は小金井と親しかったのだろうか。親しかったのなら、妻に、一度や二度は話したことがあったはずだ。ところがしず江は、夫から小金井についての話をきいた憶えはないという。何年も前から付合っていた形跡のない者から大芝は殺害された。

大芝と小金井の接触が明らかなのは、去年の六月の登山だ。竹中智久、小金井満造、大芝文成の三人は、蝶ヶ岳から常念岳へ縦走した。大芝がこの山行に参加したのは、竹中の誘いによってのものらしい。その三人は上高地に集合して横尾へ向かったのだが、竹中が、かねてから付合いのあった大芝を小金井に紹介したらしい。つまり大芝と小金井は初対面だった。

道原は何度も考えたことだが、三人が泊まった横尾山荘で、ビールでも飲みながらの会話のなかで、小金井の神経を刺激することを大芝が口にした。そのことが殺意につながったのではとにらんでいる。

署にもどる車のなかで道原は、小金井がどうしても大芝をこの世から消したかった理由を、吉村に繰り返した。ハンドルをにぎっている吉村は、小さくうなずいただけだった。

3

轢き逃げの被害に遭った小金井満造は、松本市北深志《きたふかし》の増沢《ますざわ》病院へ収容されていたが、そこへ妻の富貴が転院した。重傷の夫のそばにいたいという彼女の希望がかなえられたのである。

道原と吉村は、増沢病院へ見舞いにいった。が、見舞いというのは正確ではないだろう。患者が口を利くことができたら、加害者についてのヒントでもききたいのだった。

小金井満造は殺人事件の加害者とにらまれている男だ。そのために偽名を使って逃げまわっている。夜逃げをするためにゴルフ場のトラックを盗んでもいる。

そのトラックは長野市内で見つかったが、小金井の現在の住所は松本市沢村の大門沢荘だ。

妻は、夫が偽名を使ったり、定職に就かなかったり、夜逃げまでする事情を知っているのだろうか。突然、引っ越すといった夫にその理由をきかなかったのか。それとも妻は、浮き草のような夫の事情をすべて心得ているのだろうか。

木造太平についても同じことがいえる。東京の調布市に住んでいた彼は、安曇野市へ転居した。そこから金沢市へ移ると人には話していたが、じつは東京の北区へ転居して、偽名を使い、植物学者に化けていた。

もう一人の竹中智久は、松本市里山辺に住んでいたが、妻と離婚した。離婚後、松本市内と岡谷市内に学習塾を開いた。恋人と一緒に富山の風の盆を見にいくことにしていたが、単独で山歩きをしたあと、室堂から行方知れずになった。経営していた学習塾を手ばなし、偽名を使って、長野市や大町市などを転々としている。

竹中は、室堂から姿を消す前まで住んでいた里山辺の借家に、消すことのできない痕跡を残した。二枚の一万円札である。二枚の一万円札が畳の下から見つかったのであるから、その理由の想像は容易だった。多額の現金が隠されていたにちがいないのだ。

日本国内には、偽名を使わなくてはならない事情を抱えている人は何人もいそうだが、木造太平、小金井満造、竹中智久の三人と交渉をもっていそうな人物は、いまのところ見あたらない。

その三人には掟《おきて》があった。それを破るなと決めて、「訓戒」を残した。その「訓戒」を書いた人間が分かった。三人のうち最年長の木造太平だ。一群の長である木造は、小金井と竹中の生活《くらし》ぶりを見張っていたような気がする。

木造には、小金井の生活のしかたが気に入らなかったのではないか。小金井は三人の掟を破る行為をした。仲間でもなかった大芝文成を殺害した。殺人事件であるので大がかりな捜査がはじめられた。木造は病弱の妻を抱えているので、植物学者に化けて、地味な生活をこころがけた。だが殺人事件の捜査をしている警察は、小金井との間柄を嗅ぎつけて、手を伸ばしてきそうな気がした。小金井の身辺を詳しく調べられたくないので、この世から消してしまうことにして、轢き逃げを実行したのだろう。

道原はひとつ期待を抱いている。信号が青に変わったので道路を渡りはじめた。すると一台の乗用車が赤信号を無視して歩行者に向かって突っ込んできた。小金井は本能的によけようとしてその一瞬、暴走車の運転者を見たと思う。彼は、わっと声を上げたが、脳は運転者の顔を焼きつけた――

増沢病院は三年ぐらい前に建て替えた白い壁の五階建て。二メートルおきぐらいの間隔でハナミズキとナナカマドの木が植えられている。

吉村が受付で用件を告げると、係員の女性は背中を向けて電話を掛けた。警官が、普通の患者でない人に面会したいといったので、どうするかをきくらしい。それと重傷を負っている小金井の現在の容態も問題だ。どんなに重要な用件があったとしても、医師の判断で面会を断わられる場合もある。

係員は三、四分受話器を耳にあてていた。

「お待たせいたしました。五階のエレベーター前に案内の者がおりますので」

係員の女性は椅子を立っていった。刑事が面会したいといっている患者は轢き逃げに遭った男性だが、彼女はそれ以外の事情も知っているのかもしれなかった。

五階のエレベーターの前には三十代半ば見当の看護師が立っていた。彼女は、「どうぞ」といっただけだった。道原と吉村は彼女の背中を追った。

小金井満造が入っている部屋は廊下の端だった。突きあたりの壁に張り付くように警備の若い警官が腰掛けていた。病室では短い髪の男性医師が、患者の胸に聴診器をあてていた。患者の左腕には包帯が厚く巻かれている。

「なるべく、短く」

五十代に見える医師は、二人の刑事に注意を与えた。

　患者は目を瞑っていた。額には絆創膏《ばんそうこう》が貼られている。細く目を開けた小金井に道原が身分証を向けた。小金井は表情を動かさなかった。

「とんだ目に遭いましたね」

　小金井には道原の声がきこえていないのか、まばたきをしただけだ。

「からだは、痛みますか」

　小金井はそれにも答えなかった。まるで意識のない人のようだ。

　道原は医師に、患者は、意識と判断能力はあるのかときいた。

「判断能力は回復していないようですが、意識はあります。細かいことまで憶えているかどうかは、まだ分かりません。……けさ方、事故に遭った瞬間が蘇《よみがえ》ったのか、大きい声を上げたそうです。おききになりたいことはあるでしょうが、それはもう二、三日経ってからにしてはどうでしょうか」

　医師は、道原の目をのぞくようにしていった。

「二、三日ですか。その間に……」

　死亡する危険はないかと、道原が医師の目をさぐった。

「まったくないとは……」

　医師は首をゆるく振った。

　道原と吉村は、四階に入院している小金井の妻の富貴に会いにいった。彼女は毛布をかぶっていた。現実を見たくないとでもいっているようだ。

　看護師が声を掛けて軽く毛布を叩いた。富貴は顔を出した。看護師の後ろに男が二人立っていたので、びっくりしたような表情をした。体調をきくと、首を横に振った。

「ご主人に会ってきましたが、話はできませんでした」

　道原がいうと、彼女は上半身を起こした。

「事故のショックが尾を引いているからでしょう」

「奥さんとは会話しましたか」

「きのうもけさも、ようすを見にいきましたけど、二言三言、訳の分からないことを言っただけでした」

「訳の分からないことを……。どんなことを……」

「やられた。とか、だめだとかで、わたしには意味が分かりません」

「やられたというのは、事故でなく、故意に衝突されたということでしょうか」

「さあ……」

　彼女は自分の手を見るように下を向いた。

「あなたと小金井満造さんは、笛吹市に住んでいましたが、そこでは、上月という名を使っていた。どうしてですか」

「主人が付けただけで……」

　彼女は語尾を消した。

「ご主人は、土地を借りて、そこを掘っていたが、なにをするつもりだったんでしょうか」

「花を栽培するつもりだったようです」

「花を……。どんな花をつくるつもりだったんですか」

「さあ。きいたような気がしますけど、忘れました」

「急に引っ越しをした。笛吹市には住んでいられないことでも起こったんですか」

「主人は、なんでも思い立ったらすぐにやるんです。松本に住みたくなったので……」

「ご主人がゴルフ場から、トラックを盗んできたんですか」

「トラックは借りたといっていましたけど」

「荷物を運ぶのを手伝った人がいましたか」

「いいえ」

夫婦だけで運んだらしい。

まだききたいことがあったが、富貴が胸に両手をあてたので、きょうはここで引き揚げることにした。

「どうか大事にしてください」

道原がいうと、彼女は黙って頭を下げた。

彼女は寂しげだった。いや怯《おび》えを、胸にしまっているようにも見えた。


一方、交通課は、事件発生直後、通行止めにして現場の路面を慎重に検べた。その結果、いくつかの塗膜片《とまくへん》を拾った。その色はグレー。それから革靴の片方を拾った。左足の黒。その靴を加害車両は踏んでいた。靴の側面にはタイヤ痕が付着していた。これらの試料を警視庁に送り、車種特定などの分析を依頼した。

二日後に分析結果が送られてきた。

加害車両は、オーエス自動車製乗用車のスマイリィで、車体の色はグレー。靴に付着のタイヤ痕からもスマイリィであることはまちがいないという結果だった。

松本署の捜査一課は、小金井満造を殺害しようとして轢き逃げしたのは、木造太平ではとにらんでいた。小金井は塩尻市の大芝文成を殺した可能性が考えられていた。なぜ殺したのかは判明していない。警察は小金井の身辺を嗅ぎまわっている。つまり小金井は身辺を調べられるようなことをした。このことが木造には迷惑千万なのだ。小金井は木造が書いた「訓戒」を破った男だ。つまり木造には小金井をこの世から消す動機がある。

　木造は、東京・北区の田端新町のアパートに妻と娘とで住んでいた。そこで警視庁滝野川署に依頼して、木造が乗用車を所有していたか。所有していたらその車種、車体の色などの聞き込みを依頼した。

　同署員は、アパートの家主である西野家を訪ねて、木造は乗用車を所有していたかをきいた。

　木造は乗用車を持っていた。その車体の色は黒だったと家主は記憶を答え、駐車場に備えている防犯カメラの記録を見せてくれた。

　その映像のコピーが松本署へ送られてきた。小型トラックにはさまれている黒の乗用車が木造の所有車、というメモが付いていた。黒い車はトミタ自動車製のエクサスで、多摩ナンバーだった。

「レンタカーを使ったかも」

　吉村がいった。全国のレンタカー会社に、木造太平が車を借り出していたかの確認を依頼した。が、その記録はみつからなかった。

　加害車両の車体の色はグレーだ。小金井とは無縁の者の犯行なのだろうか。

　道原と吉村は、再度、増沢病院を訪ねた。

きょうは小金井の妻の富貴が、彼のベッド脇の椅子に腰掛けていた。当然だが妻は夫の容態が気になってしかたがないのだろう。

　道原は仰向いている小金井の顔をのぞいた。

　一昨日よりも彼の顔色はよくなっているように

見えた。

「お話ができましたか」

道原は、小金井の顔を見てから、富貴にきいた。

「はい。きょうは少し気分がいいようですし、からだの痛みも少し軽くなったようです」

道原は小金井の顔に向かって首を伸ばした。

「あなたをはねた車の色を憶えていますか」

小金井は眉間に皺を寄せてわずかに首を動かした。憶えていないようだ。

「車を運転していた人を見ましたか」

小金井はなにも答えず目を瞑った。思い出そうとしているようにも見えた。しばらく目を瞑ったり開いたりしていたが、急に身震いした。からだのどこかが痛むのかときくと、

「サングラス」

と、一言いった。小金井はやさしげな顔立ちの男だが目を吊り上げた。

「あなたにぶっつかってきた車を運転していた者は、サングラスを掛けていたんだね」

「サングラス」

小金井は同じ言葉を口にした。彼は一瞬だが、自分に向かってきた車の運転席を見たのだろう。人は危険を察知した場合とか、急に声を掛けられたとき、相手のほうを向く。これは動物的本能だ。

「サングラスを掛けてはいたが、だれなのかが分かりましたか」

小金井は首をゆるく振った。が、道原の顔をあらためて見てから視線を逃した。相手が警察官であるのを認識したからではないか。

道原は、拝むような手つきをしている富貴を談話室という札の出ている部屋へ呼んだ。その部屋には小さなテーブルを椅子がはさんでいる席が五

つあった。壁ぎわには冷蔵庫があり、流しもあり、お湯のポットも置かれていた。

　道原と富貴は窓ぎわの席で向かい合った。彼女は刑事がなにをきこうとしているのかを推し測るように、膝に置いた手の指を動かしていた。

「あなたは、小金井満造さんと結婚して、何年になりますか」

　意外なことをきかれたと思ってか、彼女はちらりと道原の顔を見てから目を伏せた。

「十六年になります」

「小金井さんとは、どこで知り合ったんですか」

「山小屋です」

「どこの……」

「北穂です」

「あなたも小金井さんも山好きだったんですね。あなたには一緒に山に登る友だちがいたんですか」

「勤めていた会社に、年に何度も山に登っている先輩の女性がいたんです。その人に誘われて、中央アルプスの山に登ったのが最初の登山でした」

「中央アルプスというと、宝剣《ほうけん》か木曽駒《きそこま》ですね」

「そうです。先輩は初心者でも、そう苦労せずに登れる山を選んでくれたんです。その先輩には山仲間が何人もいて、わたしもその一人に加わるようになりました」

「小金井さんにも、一緒に登る人がいたんですか」

「何人かはいたようですが、北穂では単独でした」

　小金井とは北穂高小屋《きたほたかごや》で知り合ってから、東京で会うようになり、ほぼ二年間交際して結婚したと語った。

「小金井さんは八、九年前まで会社勤めをしていたが、その会社を辞めた。そのあとはなにをしていましたか」

「考古学の研究をして、本を書くといっていました」

「考古学のどういう研究を……。たとえば地質に関してとか、あるいは動物の進化とか」

「わたしには、むずかしくて、詳しいことは分かりません」

「笛吹市では、借りた土地を掘り返していたようでしたが」

「花を栽培する、といっていました」

前にもきいたことだが、

「上月照正という名を使っていた理由は」ときいた。

「ペンネームというのでしょうか、好きな名字だったからだといっていました」

「あなたの名前も変えていた」

「そうでしたか」

彼女は道原の顔を見ず、小さい声でいった。

「ところが、住んでいたマンションから、夜逃げのように急に引っ越しをした。家財を運ぶために、ゴルフ場からトラックを盗んだ」

「トラックは借りてきたんです」

道原は首を横にした。この女は、夫のいうことをすべて信じていたのだろうかとあらためて顔をにらんだ。

「小金井さんは、八年か九年のあいだに、どこかに勤めましたか」

「二か所ぐらいに勤めました」

「それは会社ですか」

「そうです」

「勤めた会社の名と所在地を教えてください」

彼女はもぞもぞと動いてから、忘れたと答えた。

「あなたは働いていましたか」

「何か所かで、アルバイトを」

俯いて小さな声だ。

「夫婦とも八年か九年のあいだ、まともに働いてはいなかったんじゃないかと私たちはみている。働かなくても暮らしていけるお金があったのではありませんか」

彼女は立ち上がろうとするように動き、俯いていた顔を起こすと、目を尖《とが》らせた。

「夫婦で、静かに暮らしていたんです。それを根掘り葉掘り……」

それまでおとなしげに見えた富貴だったが、急に眉を吊り上げ、開き直るような態度をとった。じつは気の強い女性のようだ。

4

静岡県警から松本署に、伊東《いとう》署管内に最近転居してきた家族がいるとの報告があった。伊東温泉の旅館が従業員のために建てた一戸建てだが、旅館が人手に渡ったことからその家は空き家になっていた。その家を借りて入居したのは、四十代半ばのわりに体格のいい男と、妻と思われる四十二、三歳と夫婦の娘と思われる十五、六歳の女性。娘と思われる人は長身で器量よし。体格のいい男は自宅で仕事をしているのか、勤め人ではないらしい。外出をするさいはマスクをしている。

伊東署は、新しく市民になった人や家族には、昔から「巡回連絡」と称している調査のために同家を訪ねた。するとマスクをした主人が出てきて

「飯沼純一郎《いいぬまじゅんいちろう》」と名乗った。住民登録をしたかときいたところ、住み心地をためしているのでまだ登録をしていない、と答えた。そして、「妻はからだが丈夫でないので、気候のよいところを選んでいる」といい、「それまでは横浜に住んでいた」ともいった。

署員は飯沼の職業を尋ねた。

「私は、植物学者といわれて、草花の研究と新しい草花の紹介をしています。なかでもこれから花を咲かせるスイセンノウや、ラン科のギンランに詳しい」といった。署員は草花の名といったらタンポポぐらいしか知らなかったので、飯沼が口にした花の名をノートに控えた。

飯沼に会った署員は、帰署すると係長に飯沼純一郎のいったことを報告した。係長は、「そういう仕事で生計を立てている人は、植物図鑑や写真集を出していると思うので、書店へいってみるとよい」と指示した。飯沼に会った署員はまだ書店へはいっていない、という連絡だった。

道原は伊東署へ連絡した。飯沼純一郎と名乗った男に会った署員に、ききたいことがあるといった。その署員は外出中だといわれたが、三十分後ぐらいに電話をよこした。声が若かった。

道原は、飯沼の体格をきいた。

「身長は一七〇センチぐらいで、肩幅は広くて、がっしりしています。体重はたぶん七〇キロを優に超えているでしょう。肌は白いほうです」

「マスクをしていたそうですね」

「白いマスクをしていました。目は大きいほうでした」

「その男は飯沼純一郎と名乗ったが、その氏名を証明するものを見せましたか」

「いいえ。きいただけです」

道原はペンを持って首をかしげたが、飯沼の車を見たかときいた。

「家の横にとめてあったので見ました。黒のエクサスでした」

その車のナンバーをメモするか撮影したかをきくと、フロントを見ただけだといった。

「家族の名をききましたか」

「はい。妻は静子で娘は糸だと答えました」

飯沼純一郎と名乗った男は木造太平だ。木造の所有車は黒であるから、小金井満造に衝突した車両ではない。もしかしたら盗んだ車で犯行におよんだのかもしれない。

道原は課長に、伊東へいかせてもらいたいと頼んだ。

「地元署にもっと詳しく調べさせたらどうだ」

課長は下唇を突き出した。

「職業は植物学者だといわれれば、それ以上のことを突っ込んではきけないでしょう。……私は、飯沼純一郎と名乗っている男は、木造太平にちがいないとみています。なぜ、急に引っ越したり、偽名を使っているのか、小金井が遭った事件と関係があるのかを、正確に知りたい。……第一、職業に就いていない点が怪しいじゃないですか」

「伝さんは、小金井満造に車をぶっつけたやつは、木造以外にはいないとにらんでいるんだね」

「にらんでいます。小金井は、人を殺している。木造はそれを見抜いているので……」

課長は、お茶を運んできたシマコの背中を見るような目をしていたが、「よし。伊東へいってきてくれ」といった。

四月の薄曇りの日、道原と吉村は列車で伊東へ向かった。東京からは特急があって、左の車窓に相模《さがみ》湾を見て伊東へ着いた。東京からは一時間三十六分だった。

「暖かいですね」

列車を降りると吉村がいった。

伊東署へいって刑事課長に挨拶した。飯沼純一郎と名乗っている男の本名は木造太平で、松本市内で発生した殺人未遂事件の重要参考人の疑いをかけている男だといった。

飯沼と家族が住んでいる小ぢんまりとした家の近くには構えの大きいホテルや旅館がいくつもあった。堀のように水の流れが見えない川があって、川岸は緑のヤナギの並木道になっていた。

「飯沼という男と家族は、またどこかへ消えてしまったのではないでしょうか」

吉村がいうと、同行の若い伊東署員は、

「いいえ、住んでいます。私はけさ、それを確認してきました」

といった。

三部屋くらいありそうなその家は、玄関も縁側のガラス戸も固く閉まっていた。

「飯沼さん」

伊東署員が玄関で声を掛けた。返事がなかったが、二度呼ぶと玄関の戸が開いた。白いシャツに黒いベストを着て、白いマスクをした体格のいい男が仁王立ちしていた。

道原が一歩前へ出て、

「木造太平さんですね」

ときいた。

「私は飯沼純一郎です」

大きい目が挑みかかるように道原をにらみつけた。

「私は長野県警松本署の者で、市内で発生した轢き逃げ事件の捜査をしています」

「私には関係がない」

「関係があるかないかは、こちらが決めます。あなたは、偽名というか変名を使って、毎日なにをしているんですか」

「なにをしているかですって。私は草花の研究をしているが、そんなことを詳しく話す必要はない」

「あなたが、飯沼純一郎さんだということを証明するものを、見せてください」

「断わる、帰ってください」

彼は上がり口に立って、道原たちを見下ろした。

「あなたは、東京の北区に住んでいるあいだ、植物の研究をしているといって、木下高士という名を使っていた。なぜ本名で暮らしていないんですか。……奥さんの本名は四季子さん。……あなたは金沢市出身で、小型飛行機の操縦資格を持っている。そういう人なのに、なぜ職業に就いていないのか。働いて、生活資金を得なくてもいいのですか」

「大きなお世話。私には植物学者としての収入があるんだ。……そんなことを心配していただかなくても」

彼は鼻を動かすと、物が割れるようなくしゃみをした。

「大事なことをきく。あなたは四月五日の午後五時ごろ、どこにいましたか」

「ここにいましたよ。川岸を散歩ぐらいは。……四月五日の夕方が、なにか」

「松本市内に最近住みはじめた小金井満造という人が、松本城の北側の道路で、轢き逃げに遭いました」

　道原は上がり口に立っている飯沼と名乗った男の顔の変化をじっと見つめた。

「そんな遠方での事故のことを、どうして私にきくんですか」

「事故ではなく、殺人未遂事件です。その被害者の名は、小金井満造、四十四歳です。知り合いだったのでは」

「知りません」

「その人にも職業はなかった。無職だということを疑われたくなかったからか、土地を借りて、そこを掘り返していた。考古学者とでも思わせたかったんじゃないでしょうか。その点があなたに似ています」

　道原がいうと、飯沼と名乗っている男は鼻を鳴らして横を向いた。毎日旨いものを食べているのか、肌の艶はいい。

「思い付いたことがあったら、また伺います。逃げるように引っ越しても、居所はすぐに見つかりますよ」

　道原は、男の顔に視線をあてたままいった。木造太平にちがいない男は半歩退くと、胸の前で拳をにぎった。できることならつかみかかりたいようだ。

　吉村が、家の横にとめてある黒い車の周囲をぐるりと見てから、撮影した。木造は窓からそれを見ていた。

　伊東署員の後ろについて海へ向かった。沖は青く穏やかに見えているが、海へ突き出ている黒い断崖に嚙みついている波は音をたてて、塩を撒《ま》いたように砕けている。海のなかへ置き忘れられたように緑の小島が浮いていた。右手には汐吹《しおふき》公園があると伊東署員が腕を伸ばしていった。その先には漁港があり、有名なホテルとゴルフ場もある。

「私は、退職したら、家族で温泉に浸《つか》りながら、伊豆《いず》半島をめぐりたいと考えているんだ」

　道原は海を向いたまま吉村にいった。

「十四、五年先のことですね。もしかしたら定年は今よりも延長されるかも」

　吉村だ。

「伊豆半島の先端から、富士山《ふじさん》を眺めたい」

　吉村の言葉をきいていないように道原はいった。

「伊豆半島の先端といったら……」

「石廊崎《いろうざき》だ。河津《かわづ》、下田《しもだ》、石廊崎、堂ヶ島《どうがしま》、大瀬《おせ》崎《ざき》」

　頭のなかへ地図を広げた。訪れたことのない土地ばかりだ。伊豆半島のかたちを頭に描いていると、高校のころを思い出した。三年生のときにあるテストがあった。日本全国の白地図が配られ、点線で囲まれた個所に各県名を入れろという問題だった。鉛筆をにぎって北海道からとびとびに思い付く県名を埋めていった。中国地方で迷った県があったが、どうにか全国の県名を埋めることができた。数日後に、そのテストの結果が発表された。先生は、「正解者が一人いる」といった。それは道原伝吉だった。

5

　伊東からもどった次の日、道原と吉村は増沢病院へ小金井満造の容態を見にいった。制服警官が椅子から立ち上がった。

　重傷を負った小金井の頰にはいくぶん紅みがもどってきたようにも見えた。医師に容態をきくと、

「鎮痛剤を少しずつ減らしていますが、ときどき、激しい痛みに襲われているようです。特に痛いところは腰の左と左膝です」

「歩けるようになりますか」

「杖を手ばなせなくなるでしょうが。……まともに衝突されたにしては怪我の個所は少ないほうです。加害車両は衝突の直前、車のスピードを少し緩めたんじゃないでしょうか」

道原は、目を瞑っている小金井に声を掛けた。小金井は薄く目を開けたが、瞳はうつろだった。呼び掛けた者がだれなのか分かってはいないようだ。

別室の富貴を見舞った。彼女は眠っていたようだが、道原の声をきいて目を開けると起き上がった。

小金井は何者に怪我をさせられたかを喋ったかをきいた。

「サングラスというだけです」

「加害者は、小金井さんだと知って故意に衝突した可能性があります。衝突させれば死亡するだろうと思ったにちがいない。……小金井さんは、生命を狙われていた。生命を狙っていた者が何人もいるはずはないのですから、だれに殺られそうになったかが分かっていると思います」

具合がよくなってきたら、それをきいてみてくれ、と道原は低い声でいった。

彼女は手を胸にあてて黙っていた。道原には彼女にききたいことが山ほどあった。そのうちのひとつは、小金井はなぜ働いていなかったのか。どこから収入があったかだった。

きょうの富貴はベッドの上にすわったまま黙っていた。刑事に質問されるのが苦痛らしく、肩を寄せ、口を固く結んでいた。食欲はあるのかと道原がきくと、蒼い顔を横に振った。

　きょうの道原は午後七時半に帰宅した。自宅に約二〇メートル近づくと、塀のなかで飼い犬のニーロが空に向かって鳴くような声を上げた。柴犬の雑種で少し太り気味である。

　ニーロの声をきいて、妻の康代がつっかけで出てきて、小さな門を開け、「お帰りなさい」といった。二階を仰ぐと窓に灯りが点いていた。一人娘の比呂子がいる。彼女は来年、大学を受験することになっている。

「きょうの比呂子はご機嫌斜めなの」

　康代がいった。

「なにがあったんだ」

来春、大学受験を予定している生徒に対しての模擬テストが行われた。そのうちの一科目が出来なかったので、クサっているらしいという。

「どんなテストだったんだ」

　二階から降りてきた比呂子に道原がきいた。

「地理で、国内の有名な湖を七つ北から順に書けっていう問題だったけど、六つしか思い出せなかったの」

　彼女は唇を尖らせた。

「六つは、どことどこだ」

「摩周湖《ましゅうこ》、十和田湖《とわだこ》、諏訪湖《すわこ》、浜名湖《はまなこ》、琵琶湖《びわこ》、宍道湖《しんじこ》」

「それだけ思い出せれば結構じゃないか」

「あと一つはどこだか、お父さんには分かる」

「霞ヶ浦《かすみがうら》だろ」

「そうだ。思い出せなかった」

　彼女は悔しそうに頬に手をあてた。

キッチンに母娘《おやこ》が並んだ。いつの間にか比呂子の身長は康代を超えていた。

椅子に腰掛けた比呂子に、大学を卒業したあと、なにをするのかを考えたことがあるかをきいた。

「警察も悪くないんだけど、医療関係も……」

といって、箸を持った。

道原は、康代と比呂子と話しているあいだ、頭から事件と被害者のことが消えていた。

真夜中。電話の呼び出し音をきいて、目を開けた。康代が寝床を抜け出して電話に応えた。

「署からです」

彼女はパジャマの襟元をつかんでいた。

「こんな時間にすみません」

電話は係長の矢田《やた》からだ。彼は当直だった。

「増沢病院にいる巡査から緊急連絡があって、入院中の小金井が襲われそうになったんです」

「被害は……」

「巡査が気付いたのが早かったらしく、小金井の病室に侵入した男を……」

「すぐに増沢病院へいく」

道原は叩きつけるように受話器を置いた。

康代にタクシーを呼ぶようにいいつけて身支度をととのえた。病院へ向かう途中のタクシーのなかから吉村に電話した。午前二時四十分だった。

増沢病院の非常口はあかあかと灯りを点けていた。出入口をふさぐようにパトカーがとまっている。

小金井が入っている五階の病室の脇には北野《きたの》という二十代の巡査が矢田に並んでいた。北野の左手には真新しい包帯が巻かれている。

「やられたのか」

痩せぎすの北野の顔に道原がきいた。

「ナイフで」

北野は、小金井が入っている病室のドアが見えるところに椅子を置いて腰掛けていた。午前二時少しすぎに看護師が患者のようすをうかがいに病室へ入ったが、すぐに出てきた。その五、六分後、白衣を着てメガネを掛けた男が病室へ入りかけたが、入室をためらうように立ちどまった。不審を抱いた北野は、「先生ですか」と声を掛けた。男は北野の声を無視するように病室へ入った。異変を感じ取った北野は、病室へ飛び込んだ。男は振り向くとナイフを突き出した。北野がそのナイフを叩き落とそうとしたところを切られた。男は北野の腹を蹴って病室を飛び出ていった。小金井のベッドには近寄れなかった。

「何歳ぐらいの男だった」

道原がきいた。

「四十歳ぐらいだと思います」

「顔やからだの特徴は」

「背は私より少し低くて、どちらかというと細面です。髪は長めで、不精髭が伸びていました」

「言葉をきいたか」

「いいえ。一言も」

北野は包帯の手を押さえた。どのくらいの傷を負ったか分からないが、痛んでいるにちがいなかった。

「おかしいな」

道原は矢田の顔を見ながら首をかしげた。

「なにか」

「小金井満造がこの病院に入っていることが分かっていたとしても、何階の何号室に入っているかまでは分からないと思う。白衣を着て、医師に化けた野郎は、この病院のだれかから、小金井についての情報をもらったような気がする」

道原はそっと小金井のベッドをのぞいた。小金井は何者かに襲われるところだったが、それには気付かなかったのだろうか。彼は背中を向けて寝ていた。眠っているのかどうかは分からない。道原は声を掛けずに病室を出て、富貴の病室を見にいった。彼女はなにも知らないのか、眠っているようだった。

道原と吉村は、何人かの看護師に不審者を見なかったかを尋ねた。当直の二人の医師にもきいた。不審者を見ていれば、警備の警官を呼んだはずである。

夜が明けた。富貴は縞《しま》のガウンを着て、小金井の病室へ入った。そこで道原たちから、ナイフを手にした男が小金井の病室へ侵入したことをきいた。彼女は肩を抱いて身震いした。

伊東署に電話した。飯沼純一郎を名乗っている木造太平が自宅にいるかの確認を頼んだ。

一時間と経たないうちに返事があった。

「飯沼純一郎と名乗っている男は、家にいて、藁《わら》細工をしていました。その作業を、妻と娘が見ていました」

「藁細工とは珍しい。なにをつくっているのかをききましたか」

「人形だそうです。藁は人形の芯にして、着物を着せるのだといいました」

「出来上がった人形がありましたか」

「完成品はありませんでしたが、妻が絣《かすり》の布を鋏《はさみ》で裂いていました。藁人形に着せるのだと思います」

「人形をつくって、どうするのか。趣味でやっているのでしょうか」

「それをきいたら、商売なんだと、ぶっきら棒に答えました」

　道原は、人目をごまかすための小細工ではと推測した。

　いずれにしろ飯沼と名乗っている男は、昨夜からけさにかけて松本市へはきていない。ナイフで左手を切りつけられた北野に、あらためて犯人の人相や歳格好をきいてみたが、飯沼と名乗っている男よりも少し若そうだ。

　けさの小金井は、看護師の手を借りておかゆを食べた。

「けさは、少し気分がいいようです」

　看護師は小金井の唇を拭きながらいった。前の日より食欲があったようだ。

　道原は、小金井の耳に顔を近づけた。一時的かもしれないが小金井は耳が遠くなっている。

「真夜中、あなたは、大変な目に遭うところだったんですよ」

　小金井は目を見開いた。その目は、なにがあったのかときいていた。

「ある男が、ナイフで、あなたを刺そうとした」

　小金井は唸るような声を出した。

「その男は、あなたを車で轢こうとした。あなたは殺されるところだった」

　道原は、犯人の男に心あたりがあるか、ときいた。

　道原のきいたことが通じたらしく、小金井は首を振り、手を動かした。心あたりなどない、といっているようだ。

　妻の富貴が小金井のベッドに寄り添った。彼女は夫の背中を撫でた。

松本署では署長室へ三船刑事課長と道原が集まり、小金井をべつの病院へ移す相談をした。小金井を殺害する目的でいるらしい犯人は、二度と襲ってはこないと思うが、人を使っての殺害を企てることも考えられた。

「白馬村はどうだ」

署長がいった。

増沢病院より少し規模は小さいが、周囲をペンションや住宅に囲まれている北城《ほくじょう》病院は樹木に挟まれた高台にあって、西側の窓からは、林越しに白馬三山が眺められるという。

「危険な目に遭ったし、何者かから生命を狙われている患者を入院させたいといったら、断わられるんじゃないでしょうか」

三船課長が眉間に太い皺を立てた。

「厳重警護するという条件で、院長と話してみよう」

鳴戸《なると》署長は薄緑色の電話器に腕を伸ばした。

「鳴戸です。しばらくです」

相手は院長だ。すぐに応えたようだ。

署長は、少々問題のある怪我人だが、入院を受け入れてもらえないか、と切り出した。

問題とはどんな、と院長はきいたらしい。

松本市内である男が轢き逃げされて重傷を負った。その男は病院へ入院中の真夜中に、刃物を持った男に襲われたが、警護の警官に見つかった。男は警官に怪我をさせて逃走した、と掻い摘まんで話し、患者を襲った犯人を捜査中だが、患者を保護するために安全なところへ転院させたい、といった。

院長は、検討する必要を感じてか、返事をするといっていったん電話を切ったが、十分後に電話をよこした。

患者を警官に警護させるなら、入院を受け入れると条件をつけた。

白馬村は大町署管内だ。鳴戸署長は大町署長にあらためて事情を詳しく説明した。大町署は、白馬村交番勤務の署員を北城病院の警護にあたらせることを決めた。

松本署は、小金井満造の移送を密かに行うことにした。救急車に患者と警官を一人乗せ、その車を黒塗りの乗用車が追った。

小金井の妻富貴も北城病院へ移る。彼女も警察車両に乗せ、救急車のずっと後ろについて走った。

小金井を襲おうとした犯人の男は、彼が転院するのを予期して、どこからか増沢病院の非常口をにらんでいそうな気がした。道原と吉村とシマコは、道路の反対側から、増沢病院の非常口を出入りする人を見張っていた。小金井を乗せた救急車を尾行するような車は目に入らなかった。

道原たちには増沢病院内においてやることがあった。小金井を乗せた救急車と、それを追う警察車両を見送ると、病院内へ入った。

6

小金井満造と妻の富貴が入院していた増沢病院の五階の廊下の隅で大山《おおやま》という看護師長に会った。五十歳をいくつか過ぎていそうな肉付きのいい人だった。

「この階に、小金井さんについての情報を洩らした人がいたと思います。それはだれかを知りたいんです」

「そんなことをした者は、いないと思いますけど、情報って、なんですか」

「この病院には個室がいくつもありますね。小金井さんが入っている部屋は秘密にされていたはずです。それなのに犯人は、五階の十一号室に忍び込んだ。病院のだれかから、小金井さんが入っている部屋をきき出したにちがいない」

「そんな者が……」

　看護師長は胸で手を合わせて、瞳をくるりと回転させて黙っていたが、急にものをいわずに、道原たちの前から足早に消えた。

　十分ばかり経つと、水色の作業衣姿の十代に見える赤い頬をした女性を連れてもどってきた。その女性は首《こうべ》を垂れていた。服装で看護助手か清掃などの雑務を担当している人だと分かった。

「刑事さんに、やったことをちゃんと説明しなさい」

　師長は赤い頬の女性をにらみつけた。

　道原は、女性の名をきいた。彼女は上目遣いをしてから、岩手《いわて》奈保《なほ》だと氏名を答えた。

「あなたは、この病院内で、知らない男から声を掛けられましたね」

　道原がきくと、彼女は彼の顔をちらりと見てから目を伏せた。彼は質問を繰り返した。彼女はわずかにうなずいた。

「男はあなたになにをきいた」

「交通事故に遭って怪我をした男性が入院したはずだが、といわれましたので、怪我をして入院した人は何人もいそうですといいました。するとその人は、小金井という姓で四十三歳か四十四歳の男性だといいました。患者さまのことを関係のない人に話すのは禁じられていますのでというと、男の人は、お金をポケットからつかみ出して、わたしの手をにぎりました」

「お金を受け取ったんですね」

岩手奈保は、胸を囲むような格好をしてうなずいた。拳をにぎっている甲は赤かった。

「その男の人は、小金井という姓の患者さまが入った病室はどこかとききました。たぶん、一階の受付できいたでしょうが、受付は教えなかったのだと思います」

「あなたは、小金井という男性が入った病室を知っていたんですね」

「看護師が話し合っているのを、ききましたので」

彼女は、小金井満造が治療を受けたあと運び込まれた病室は五階の十一号室であるのを知っていたので、メガネの男にそれを教えた。男は、腕にはさんでいた白衣を羽織ると、「ありがとう」と一言いって去っていったという。

「男があなたに押しつけた現金は、いくらだ」

道原は声を低くしてきいた。

「十万円でした」

そういうと彼女は、両手で顔をおおって泣き出した。その泣きかたは激しくなった。肩も震わせた。

師長は岩手奈保の両肩を引き寄せた。顔は怒っていた。

「刑事さん」

師長の目は涙をためていた。

「刑事さん。良くないことですが、見逃してやってください。お願いします。……こんなこと、二度とさせませんので。お願いします」

道原は、奈保の肩を抱いている師長の顔を見直した。師長の光った瞳は熱を帯びているようだった。

小金井の病室をきいた男の身長は一七五センチ程度で中肉だったことが分かった。

道原は、師長にも岩手奈保にもなにもいわずに横を向き、奥歯を嚙んで、歩き出した。

松本署員が帰り支度をはじめた午後六時。道原に来客だと一階から連絡があった。「大山さんとおっしゃる女性の方です」と受付がいった。増沢病院の看護師長だ。

来客を応接室へ通してもらった。道原とシマコが会うことにした。

ベージュの地に紅い小さな花模様のあるセーターの大山綾子《あやこ》は、病院で会ったときよりも若く見えた。

「きょうは、とんだご迷惑をお掛けいたしました」

彼女は椅子を立つと深く頭を下げた。

「岩手奈保の件です」

彼女は固い表情をして、低い声で切り出した。

「あの子は、働けなくなった父親と二人暮らしをしています」

「お父さんは、働けなくなったとは、重い病気でも……」

「父親は、製材所に勤めていたのですが、転がってきた丸太の下敷きになって、大怪我をしました。その後は杖を突いて歩いていますけど、手も足も不自由です」

「お母さんは、どうしたのですか」

「奈保が小学生。……たしか三年生か四年生のとき、夫婦喧嘩の末、家を出ていってしまいました。それきり電話もよこさないし、手紙も。……そのときから奈保は母親に会っていないようです。父親が大怪我をしたのは、奈保が中学一年生のときです。彼女はそれからずっと父親の面倒を見て、家事をこなしているんです。わたしは近所に住んでいますので、時どき父親のようすを見にいっています。……お金も乏しいし、父親の世話をしなくてはならないので、あの子は高校へは進みませんでした。増沢病院への就職をすすめたのは、わたしでした」

彼女はまた頭を下げ、奈保の行為を大目に見てくれないかといった。彼女は奈保の親代わりなのだ。

道原は顎を引いた。病院で奈保に会ったことは公にはしないといった。

「みんな、なにかを持っているんだな」

大山綾子を帰すと、道原はシマコにいった。

「なにかを持ってるって……」

シマコは道原の顔にきいた。

「なにかの事情を抱えているっていうこと」

「事情ね。わたしは、もう五センチ身長が欲しい」

「そういうのは、事情とは……」

道原はいいかけたが、シマコの顔を見ずに刑事課への階段を昇った。

松本の増沢病院から白馬村の北城病院へ移った小金井満造と妻の富貴は、隣接の部屋へ収容されたという報告を受けた。

道原たちはあす、北城病院へいって小金井に会うことにしている。小金井を襲おうとした犯人を特定しなくてはならない。彼をこの世に生かしてはおけない者がいるのだ。彼を車で轢き殺そうとしたのも同じ人間のような気がする。彼の怪我がある程度よくなり、手足を自由に動かせるようになると、身の危険を感じることになる者がいるのだ。そのために入院中を襲おうとしたのだが、警護の警官に見つかり、失敗した。

　きょうは、救急車と警察車両で、小金井夫婦を白馬村へ移送したが、犯人は警察のやることを先刻読んでいるかもしれない。小金井を乗せた救急車のずっと後方から、たとえばトラックなどで尾行していたことも考えられる。

　四月十六日、道原はいつもより三十分ばかり早く目を醒ました。春を実感するような暖かい朝だ。比呂子と一緒に、ニーロを連れて散歩に出掛けた。道原のその姿は、凶悪事件を追いかけている刑事には見えないだろう。ニーロは、久しぶりに一緒に散歩してくれる道原のことがうれしいのか、二メートルばかり二人の先を歩きながら、何度も道原の顔を振り仰いだ。

　けさは、他家からの頂きもののイクラが小鉢に盛られていた。道原は湯気を立てているご飯にイクラをのせた。旨いといって、珍しくご飯を二杯食べた。好物の野沢菜漬けも頂きものだ。

　出勤すると、吉村は炊事場に立って、隠れるようにしてなにかを食べていた。けさの彼は寝過ごし、自宅での食事ができなかったらしい。

　出勤した三船課長は、背中を向けている吉村を見て足をとめると、

「早く嫁さんをもらわないと」

　といい、「彼女はいないのか」ときいた。

吉村は水を飲んで咽せ、

「課長がだれかを、紹介してください」

と背中を見せたままいった。

警部補の君島《きみじま》がお茶を注ぎながら、

「いい娘《こ》を紹介しようか」

といって吉村の肩を叩いた。

「結構です」

吉村は素っ気ない返事をした。

「お前、二十八だろ」

「放っといてください」

刑事課内で簡単な打ち合わせがあって、道原と吉村とシマコは、白馬村の北城病院へ向かうことにした。

国道一四七号を北へ向かい、高瀬川沿いに安曇野市、池田町、大町市。国道は一四八号に変わって、木崎湖《きざきこ》、青木湖《あおきこ》などの仁科《にしな》三湖を左手に見て糸魚川《いといがわ》街道を白馬村に入った。鹿島槍ヶ岳や五《ご》龍岳《りゅうだけ》の頂稜付近はまだ白かった。赤い観光バスが何台も連なって北へ向かっていった。

「君たちは、八方池へいったことがあるか」

道原は、運転席と助手席のあいだへ首を伸ばした。

「あります」

二人とも声をそろえた。

風の静かな好天だと、鏡のような池に山が映るのだ。真夏より残雪期のほうが美しい。

高台の北城病院に着いた。白い壁の三階建てで屋根はコーヒーのような色だ。知らない人はホテルと見紛《みまが》うのではないか。その建物を広葉樹と一年中緑の松林が囲んでいた。木々のあいだにベンチがいくつか置かれている。秋には赤や黄の葉が緑のなかにまじるだろう。

小金井満造は、三階の北端の病室へ収容され、妻の富貴はその隣の室に入ったという。

制服と私服の警官がいて、道原たちと言葉を交わした。

院長室へ招かれた。そこへ事務長と女性の看護師長がやってきた。

「怪我ですので、日に日によくなると思います」

内臓には問題はない、と院長がいった。

道原たちは、小金井のようすを見にいった。

小金井は仰向いて、白い天井の一点を見ていた。

道原がベッドに近寄って、痛むところがあるのかときいた。小金井は答えなかったので質問を繰り返した。怪我により聴力が低下しているのだ、と医師がいった。

「腰が少し痛い」

何度かきくと、喉を痛めているような声で答えた。

道原たちは富貴にも会った。

「こんなきれいな病院へ入れていただいて」

彼女は手を合わせた。彼女にはきかなくてはならないことがいくつもあったが、それはもう少し先にした。

「ここにいれば、あなたのからだもよくなりますよ」

「わたしも、そんな気がします」

彼女の顔は寂しげだが、目を細めた。

シマコは窓辺に近寄ると、

「鳥がたくさんいますよ」

といって、耳に手をかざした。樹木のあいだを渡る野鳥の影が窓に映った。

樹林越しに山頂の白い連山が眺められた。林のなかを車椅子の人が縫うように散策している。付き添っている人は小さな花でも見つけたのか、しゃがんで地面に手を伸ばした。車椅子の人が近づいてきた。しゃれた白い帽子をかぶっている。かなり年輩の男性だ。生活に余裕のある入院患者らしい。付き添っているのは長身の若い女性だ。丈の長いスカートのその女性はときどき、腰を折るようにして男性の話をきいている。

第七章　白昼の惨劇

1

　静岡県の伊東署からは一日か二日おきに、飯沼純一郎という偽名を使っている木造太平の生活のもようの連絡がきている。が、入ってくる情報は松本署にとっては満足できるものではなかった。木造は何をしているかというと、人形を拵《こしら》えている。その作業に飽きると、からだの弱い妻と器量よしの娘と一緒に、海を見ながら散歩をする。双眼鏡を首に掛け、沖をゆく船を見ている日もある。独りで外出するときは本を持っている。神社の石段に腰掛けて本を読んでいる日もあるという。人形つくりも本気ではなさそうだ。

　道原は再度、伊東へいって木造に会うつもりだ。

「何年も前のことだと思うが、あなたは訓戒と読めるものを書いて、人に渡した。それを受け取った一人は竹中智久だ。同じものを何人に渡したのか。なんのために渡したのか」

をきくことにしている。

　松本市内で轢き逃げに遭って重傷を負った小金井満造だったが、白馬の北城病院の治療が奏功して、歩けるようになった。入院して約一か月後、院内を五〇メートル歩き、二日後に一〇〇メートル歩き、また二日後には外へ出て、病院の前庭《ぜんてい》を杖を突いて二〇〇メートル歩いた。医師は、妻を一緒に歩かせた。彼も妻も食欲が増し、たまに笑顔を医師や看護師にも向けるようになった。午前と午後に歩くようになると、その距離はぐんと延び、入院後五十日目には木立ちのあいだの小径《こみち》を歩くようになった。彼は林のなかの枝の隙間から空を見上げて、「また山にも登れるようになる」とつぶやいた。

　彼が外に出ると、看護師が後を追い、警護の警官が張り付いていた。

　六月に入ると小金井の妻の富貴が退院した。北城病院の近くに部屋を借りて住み、ほぼ毎日、病院へ夫を見舞っていた。

　六月二十日は昨日から降りつづいていた雨が昼前にやんだ。山脈にからんでいた白い雲が東からの風にさらわれていき、北城病院を囲む林のなかにも陽が差しはじめた。

　昼食を終えた小金井は杖を突いて、女性看護師と一緒に玄関を出て、空を見上げた。警護の警官が小走りに近寄った。小金井は、野鳥の声に誘われるように樹林のなかへ入り、くねくねと曲がっている小径をいつものようにとぼとぼと歩き、立ちどまっては樹間《じゅかん》から空を見上げた。

　彼が病院の玄関を出て十五、六分後、異変が起こった。樹間から飛び出てきた者に衝突され、倒れて腹を押さえて苦しんだ。付き添いの看護師は木の根につまずいて転倒した。五、六メートル後ろにいた警官は倒れた小金井に近寄ったところで、腹を押さえてしゃがみ込んだ。彼の腹からも血が噴き出した。光った出刃包丁を、腰を抜かしているような看護師に向けたのは、若い女だった。女は踵《きびす》を返すと林の奥へ走り去った。

　看護師の通報で、病院からは医師や看護師や事務職員が飛び出てきた。

小金井と警官は応急手当てを施された。が、小金井は多量出血のため手術中に死亡した。腹を刺された警官は、小金井の死亡を知らされると、仰向いたままわめいた。

小金井に付き添っていた看護師は、床に両手を突いて背中を波打たせた。妻の富貴は夫の死亡を医師からきくと、頰を引きつらせてうずくまった。

松本署は、大町署からの連絡で小金井満造の死亡を知った。

道原たちは、白馬村での白昼の殺人事件を知らされ、口を開けて天を仰いだ。犯人は若い女性ときいた道原は、吉村に、

「増沢病院へいく」

と、尻を叩くようにいった。

増沢病院に着くと看護師長の大山綾子に会いたいと受付係に告げた。

息を切らすように廊下を走ってきた大山に、

「岩手奈保さんはいますか」

ときいた。

「奈保はきのうから、からだの具合がよくないといって、休んでいます」

彼女は、目を見開いて刑事にいった。

「白馬で、小金井満造が、若い女性に刃物で腹を刺されて、殺された」

「殺された……」

大山は、両手で口をふさいだ。凍ったように動かなかったが気を取り直してか、ポケットからスマホを取り出した。しばらくスマホを耳にあてていたが、

「出ない」

と、吐き捨てるようにいった。

道原は、岩手奈保の住所をきいた。

奈保の住所を教えた大山看護師長は、棒を呑んだように動かなかった。

松本市庄内《しょうない》の奈保の家へ駆けつけた。そこは薄川《すすきがわ》の近くだった。古い平屋の家の玄関には消えかかっているような字の「岩手」という表札が出ていた。ガラス戸を少し開けて吉村が声を掛けると、「おう」と低い声がして、白髪まじりの男が畳の上を這うようにして出てきた。奈保の父親の秀正《ひでまさ》だった。彼は足が不自由だときいていた。

奈保に会いたい、と道原が告げると、

「病院へいってますよ」

と、にらみつけるような目をした。

「奈保さんは増沢病院に勤めているが、きのうから休んでいます」

「休んでる。おかしいな。いつもと同じように朝早く出ていったが」

「奈保さんに、電話を掛けてみてください」

秀正は柱につかまってよろよろと立ち上がった。部屋の奥の固定電話を使うらしい。

「出ない。おかしいな」

といってもどってきた。

「待たせてもらいます」

「警察の人が、どんな用事ですか」

「奈保さんがどこへいってきたのかを、尋ねたい」

「なんのために……」

「ある事件に関係があるかどうかを、ききたいんです」

「事件にですって。奈保は事件になんか、関係ないですよ。真面目に病院に勤めている娘です」

「そうだと思いますが、本人に、どうしてもきかなくてはならないことがあるんです」

「本人にって、事件に関係があることなんですか」

道原は、そうだ、と首を動かした。

「それは、どんな事件なんですか」

秀正は不精髭の伸びた鼻の下を横にこすってきいた。

「白馬の病院に入院していた人が、殺された事件です」

「そんな事件に……」

彼は、右に左に顔をかたむけた。

道原と吉村は、岩手家が見えるところにとめた車に乗って、玄関をにらんだ。宅配便のトラックが視界をふさいだので車を移動させた。自転車に乗った二人の女性が、喋りながら通過した。赤子をおぶった女性が四、五歳の子どもと手をつないで、歌をうたいながら通った。鞄を提げた高校生ぐらいの女性が二人、笑い話をしながら酒店の角を曲がっていった。

小一時間が経過した。岩手家の前で黒い影が動いた。奈保が帰宅したらしい。道原と吉村は車を降りた。

「岩手奈保さん」

吉村が呼んだ。が、閉まった戸を施錠する小さな音がした。

吉村は戸を叩いて呼んだ。すぐに戸が開かれなかったのは、奈保が息を殺していたからだろう。

カチッという音がして戸が開いた。そこへ吉村は顔を突っ込むようにして、

「岩手奈保さんだね」

ときいた。

奈保は、バッグを胸に押しあてて土間に立っていた。家の奥から父親の吠えるような声がした。

奈保は一歩外へ出ると、後ろ手で戸を閉めた。

「きのうもきょうも病院を休んだが、どこへいっていた」

道原が彼女の前へ立ってきいた。

「ちょっと用事があって……」

「どこへいっていたかを、きいているんだ」

「大町です」

「大町へどんな用事で」

「山の美術館を見たくなったので」

「二日間、山の美術館へいっていたのか」

「きのうは休館だったので、きょうは……」

「大町ではなく、大町の先へいったんだろ」

奈保は答えず顔を伏せた。両方の手の指はせわしなく動いている。額に横皺をつくって苦しげな表情をした。

「白馬村の北城病院の付近へいったね」

彼女は目を瞑ると身震いした。

道原は、北城病院を見にいったかを追及した。

奈保は唇を噛むと、小さくうなずいた。

その彼女を車に押し込むと、大町署へ移送した。

大町署の取調室へ入れると、彼女は周囲を見まわした。怯えているようすが手に取るように分かった。

なにか飲むか、と道原が奈保にきいた。

奈保は、道原と大町署員の顔を見てから首を横に振った。

「お父さんには、夕飯を届けるよう手配しておきました」

吉村がいうと、奈保は頭を下げた。その顔色は蒼ざめていた。

道原は奈保の正面へ腰掛けると、彼女の顔をじっと見てから、きのうは増沢病院を休んで、白馬村の北城病院を見にいったのか、ときいた。

　奈保は、すわり直すように腰を動かしてから小さくうなずいた。

「なんのために北城病院を見にいったの」

　奈保は、三、四分経ってから、入院中のある患者を見にいったのだと答えた。

「ある患者とは、だれのこと」

「小金井さんです」

「増沢病院で、小金井満造さんを見たことがあったんだね」

「病室の掃除や、寝具の取り替えで……」

「きのうはその小金井さんを、どこで見たの」

「病院の近くの林のなかです」

「付き添っている人がいたのでは」

「看護師さんが一人。それから少しはなれて、警察の人が……」

「きのうは、林のなかを歩く小金井さんを見ただけ」

「はい」

「小金井さんを見たあと、だれかに会ったね」

　奈保は上目遣いでちらっと道原を見てから、目を伏せた。黙っていたので、同じことをきいた。

「草刈という人に会いました」

「どこで」

「飯森《いいもり》のお寺の裏です」

「草刈というのは、増沢病院で、小金井満造さんの病室はどこかを、あんたにきいた男だね」

「はい」

「その男は、あんたから北城病院へ移った小金井さんのようすをきいた。ようすをきいただけではなかった。なにかをしてくれといっただろう」

　彼女は、着ているシャツのボタンを摘まんでひねった。

「草刈という男は、散策をしている小金井に、なにかをしろといっただろう」

　道原は語気を強めた。

「包丁を出しました」

　奈保はまた唇を噛んだ。

「小金井さんを、その包丁で刺せといったんだね」

「殺せっていいました」

　彼女はそういってから、一瞬肩を縮めた。

「あんたは、それを引き請けたんだね」

「お金が欲しかったからです」

「草刈という男は、金を見せたのか」

「わたしの膝の上へ置きました」

「なにを、いや、いくら……」

「一万円札の束を二つです」

　二百万円だろう。

「わたしは……」

と彼女はいうと、拝むように両手を合わせた。

「増沢病院からいただいている給料だけでは、毎月の生活《くらし》がやっとです。父のからだを元どおりにしてやるには、お金がかかります」

　彼女は声を震わせ、両手で顔をおおった。

2

　岩手奈保に「草刈」と名乗った男は、何者だろうかということになった。

「小金井殺しを、自分でやらず、若い女性にやらせた。罪つくりな野郎だ」

　道原は両の拳をにぎった。

「草刈という男は、小金井を殺すのに、二百十万円を費やした。そのことから、ある程度、金を持っている人間。少なくともそのぐらいの金を自由にできる男……」

　道原がそういったところへ、重要な情報が入った。青木湖の北側の森林のなかで、捨てたものらしい乗用車が見つかった。その乗用車の色はグレーのスマイリィで、ナンバープレートは付いていなかった。バンパーの右側にメッキが剝《は》げた疵《きず》があった。松本市内で起きた小金井満造轢き逃げ事件では、被害者の靴の片方が車の後輪に踏まれていた。その靴にはタイヤ痕が付着していたが、その付着痕が捨てられていた車のタイヤの溝模様と一致した。したがって小金井を殺害する計画で衝突した車であることが確定した。車内から指紋や毛髪を採取した、という報告だった。

　その乗用車を運転していたのは、岩手奈保に対して「草刈」と名乗っていた男にちがいない。

　草刈は、車での小金井殺害に失敗したため、対策をあらためた。車を衝突させればまちがいなく死亡するものと思っていたのだろうが、小金井は重傷を負ったが生きていた。生きているといずれ復讐の日に遭わないとはかぎらない。

　そのため、担ぎ込まれた増沢病院で息の根をとめることを考え、同病院で雑務に就いている岩手奈保を買収して、小金井が収容されている病室をきき出した。

　草刈はナイフをにぎって、小金井が眠っているはずの病室へ忍び込もうとした。が、警護の警官に見つかった。彼はナイフで警官に怪我をさせただけで、病院を脱出した。

草刈は、どうしても小金井をこの世から消してしまいたかった。それで小金井を始末する機会をうかがっていた。

増沢病院から白馬村の北城病院へ移った小金井の負傷は日に日に快方へ向かっているようで、雨天でないかぎり、病院の近くを散策していることをつかんだ。

病院内で小金井を始末するのは不可能とみた草刈は、彼の散策中を狙うことにした。しかし散策中の彼には看護師と警官が付いている。標的に襲いかかることができても、警官に取り押さえられる危険がある。小金井が単独になることは先ず望めない、と考えたところへ、ある女性の顔が浮かんだ。それは増沢病院で雑務に就いている岩手奈保。

草刈は、彼女に会って策略を話した。下見をさせた。「殺《や》れそうだ」と彼女の顔はいった。それで、帯封の札束を二つ、瑞瑞《みずみず》しい膝の上にのせた。彼女は両手で札束をはさむと持ち上げ、札束に額を押しつけた――

道原は、捜査メモを記したノートを読み返していた。そのなかに「草刈伸一郎」という氏名を見つけた。

それは、長野市平林一丁目のモンシェリーマンションに住んでいることになっている竹中智久の変名だった。

彼は、大町市大黒町のこまくさマンションの一室を「長篠修二」の名で借りていたことも確認している。

警察が二か所の部屋を偽名で借りていたことをつかんだのを察知したからか、竹中はいずれの部屋にもどってこなくなった。

　いまもどこかに部屋を借りて住んでいるのだろうが、その所在はつかめない。かつて学習塾を経営していた彼だが、逃亡者となって、人目を避けて、生きているのだろう。

　道原の頭からは、しばらく竹中智久のことが消えていたが、彼が「草刈」という変名を使っていたのを思い出し、彼に焦点を絞ることにした。

　松本署は竹中の写真を持っているが、鮮明とはいえないので、学習塾の修好舎へ警官を走らせた。

　警官は、竹中が学習塾の講師と一緒に写っている写真を二葉、あずかってきた。

　三人が並んでいる写真を、取調室で岩手奈保に見せた。彼女は、シャツの襟を摘まんで写真に目を据えた。「草刈」と名乗った男がいるかと道原はきいた。

「いません」

　彼女の答えは意外だった。彼女は、写真の中央で薄い笑みを見せている男を指し、「この人です」と答えるものと思い込んでいた。「草刈」と名乗っていた男は竹中智久ではないのか。道原は奈保の顔を見直してから、まちがいないかと念を押した。

「草刈といった人は、この写真の人より年配でした」

「もっと年配……。何歳ぐらいか」

「分かりません」

　彼女に男の年齢を当てろというのは無理らしい。

「なにか特徴は。……たとえば顔にホクロか、手に傷跡のようなものがあるとか」

　彼女は首をかしげていたが、草刈は左利きだといった。

「左利き」

「ポケットから何回もハンカチを取り出しましたけど、それは左手でした。話しているうちにボールペンを落としました。それを拾うのも左手でしたし、鞄から包丁を取り出したのも左手でした」

「顔かたちは……」

「顎が四角ばっていて、眉が太くて、唇が厚いほうでした。背は高いほう。背は高いほうでした」

「背は高いほう。何センチぐらいだったか」

「一七〇センチ以上だと思います」

「そのほかに特徴は」

「京都か大阪のほうからきた人だったと……」

「言葉の訛《なまり》からそう思ったんだね」

「二か月ぐらい前まで、京都出身の患者さんが増沢病院に入院していました。女性ですけど、草刈といった人の言葉は、その女性に似ていました」


道原と吉村と大町署員は、奈保のいったことをノートに書き取った。

伊東署へ連絡して、木造太平の写真を送ってもらった。妻と娘と一緒に海辺を散歩しているのと、神社の石段に独りで腰掛けている写真が送られてきた。その目には緊張感がなく、なにを映しているのか分からなかった。何年ものあいだ居眠りしているような暮らしかたをつづけている弛緩《しかん》が、その目の色にあらわれていた。写真は五葉だが、いずれも白いマスクをしていた。彼の体格は、身長一七〇センチ、体重七五キロ見当。眉は濃く、目は大きい。岩手奈保に「草刈」と名乗っていた男に似ていなくもない。

小金井満造が殺された日の前後、木造がどこにいたかを確かめる必要があったので、道原と吉村はまたも伊東へ出張した。

　きょうも相模灘《なだ》は穏やかだ。一面に散りばめている銀鱗を、白い船が砕いて北へ滑っていった。

　木造太平が飯沼純一郎の偽名で住んでいる家は、きょうもガラス戸を固く閉めていた。

　吉村が玄関の戸に声を掛けたが返事がなかった。家人の代わりのように、電線にとまっている烏が一声鳴いた。吉村がもう一度呼ぶと戸が開いた。顔をのぞかせたのは娘だった。なぜなのか娘だけは糸という本名で通している。

「ご主人に会いにきました」

　道原がいった。

「父は、いません」

「どちらへいかれたんですか」

「分かりません」

　静子と名乗っている木造の妻が出てきて頭を下げた。

「主人は、何日か前に、仕事があるといって出掛けました。遠方へいったのだと思います」

「仕事とは、どんな」

「分かりません。急に思い付いたことがあったらしく、急いで身支度をして、出ていきました」

　道原は、じっくりききたいことがあるといって、玄関のたたきへ入った。

「せまいところですけど、どうぞお上がりください」

　妻は力のない声でいった。彼女の本名は四季子だ。

　道原と吉村は、靴を脱いだ。

　六畳の部屋の隅には扇風機が据わっていた。二人は本を読んでいたらしく、厚みのある本が二冊、壁ぎわに重ねられていた。糸が座布団を置いた。

道原は、小金井満造が殺された六月二十日、木造は在宅だったかを妻にきいた。

「六月二十日というと五日前。ここにいました。出掛けたのは二十一日です。二十日になにがあったんですか」

「長野県の白馬村で、ある事件が起きました」

「その事件に、主人が関係していたのではと思われたんですか」

「あるいはと。事件の被害者は小金井満造という男性です。ご存じの人でしたか」

「いいえ。きいたこともないお名前です。なにをされていた方ですか」

「無職です。山梨県笛吹市に住んでいるときは、近所の農家から借りた土地を、掘っていました」

「なにかが埋まっている土地ですか」

「いいえ。ポーズです」

「ポーズ……」

彼女は首をかしげた。

「仕事をしているように見せかけていたんです。三月のことですが、夜逃げをするように松本市内へ引っ越しました。以前から生命を狙われていたらしく、松本市内で轢き逃げに遭い、大怪我を負っていました」

彼女は、まあ、というふうに唇を割った。

糸がお茶を淹れてきて、道原と吉村の前へ置いた。

道原は小さく咳払いをした。

「私たちは以前から、不審に思っていたことがあります」

妻は、「なにか」といって首をかしげた。

3

道原は、木造太平の妻と娘の顔をじっと見てから、

「飯沼さんは、職業に就いていなかったようですが」

ときいた。

妻は目を伏せてから小さくうなずいた。

「悪くいえば正体不明です。どこかへ勤めたこともなかったのですか」

「ずっと前に、勤めたことがありましたけど、一か月ぐらいで辞め、べつの会社に勤めました。そこも一、二か月で辞め、それ以後はどこにも勤めていません」

「短期間だが、会社勤めをしたのは、何年ぐらい前でしたか」

「六年か七年前でした」

「その前は」

「安曇野市で、自動車整備工場に勤めていました」

働いていないのに収入があったのか、ときいた。

「業績のいい企業の株を持っていて、それを売り買いしている。売った株の金は証券会社にあずけてあるので、それを引き出して、生活費にあてている。業績のいい企業からは配当がある、といっています」

「株を持っていれば、証券会社から業績報告などの書面などが届くはずです。会社によっては、決算期のあと、株主に礼としての品物を送ってくる。そういう物を受け取ったことがありましたか」

「繊維関係の会社からは男性用の下着が、化学関

係の会社からは、台所洗剤などが届きました」

　それは信用できるものだったかときくと、妻は「はい」と答えたが、その声は小さくて曖昧な感じがした。

「飯沼さんは、勧めていないし、仕事らしいことをしていなかったようです。奥さんはそのことに不安を感じたり、収入について不審を抱いたことはなかったのですか」

「不安がまったくなかったわけではありません。ですけど、からだが丈夫でないわたしを労《いたわ》ってくれるし、クスリを買ってきてくれるので……」

　彼女は急に咽せたような咳をした。畳に手を突いて背中を丸くした。その背中を娘がさすった。娘の顔には不安が宿ってか、眉を寄せて曇っている。

　木造は、小金井満造が事件に遭ったのを報道で知っただろう。それで信州へいったのではないか。もしかしたら木造は、小金井を殺害した者に心当たりがあった。心当たりは竹中智久だったのでは。竹中が関与していなければだれか、をきくつもりで出掛けたのかもしれない。

　小金井を殺害した実行犯の岩手奈保は、竹中の写真を見せられ、殺害依頼人はこの男ではときかれた。彼女は別人だと答えた。竹中は老け顔に変装していたことも考えられる。が、奈保は依頼人の特徴を記憶していた。そのひとつは左利きであること。もうひとつは言葉に関西地方の訛。

「飯沼さんは、左利きですか」

　道原は、出し抜けにきいた。

　俯いていた妻は顔を起こして、「いいえ。右利きです」といった。

「飯沼さんは関西地方にいたことがあったでしょ

うか」

「関西とおっしゃいますと、大阪か京都のことですか」

「そうです」

「いったことはあったでしょうが、住んでいたことはなかったと思います。関西地方がなにか……」

「関西方面の言葉を使う男の人をさがしているんです」

妻も娘も、心当たりはないという顔をした。

「飯沼さんは、外出するさい、いつもマスクをしている。あなたたちはマスクをしていないのに」

「ずっと前、安曇野にいるときに、勤めていた整備工場で口の横に怪我をしました。その傷跡を隠すためです」

「もしも人に傷のことをきかれたら、工場で仕事中に怪我をしたといえと、いわれていたのでしょ」

妻は首を振り、冷たい視線をちらりと向けた。

道原は木造のケータイの電話番号をきいた。妻は、「〇九〇」といってから、確認のためか、自分のスマホを出して、夫の番号をゆっくりと述べた。

道原は、木造に電話を掛けてくれと妻にいった。妻は、道原の顔を一瞥《いちべつ》してから銀色のスマホのボタンを押した。相手はすぐに応答した。

「いま、どこにいますか」

妻は道原たちに背中を向けた。木造は現在いる場所を答えたようだ。

「いまね、長野県の刑事さんが見えているの」

木造は、刑事がきくことにいちいち答えるなどでもいっているのだろう。

「分かっています。……きょうは、頭も痛くないし、めまいもしないの。……いつ帰ってくるの。そう、気をつけてね。おみやげなんか要らないから。なるべく早く帰ってきて」

妻は電話を切ると、主人はいま名古屋にいるそうだといった。それは事実だろうかと道原は疑った。じつは木造は、長野市か松本市あたりにいるのではないか。そこで竹中智久に会っているような気がする。仲間の一人の小金井が殺されたからで、小金井はだれに殺《や》られたのかを話し合っていそうだ。木造も竹中も仕事を持っていないのだから、何時間でも一緒にいられるのだろう。

警察は、小金井殺しの犯人像の一端をつかんだ。日本人にしてはやや大柄で、左利き。言葉に関西方面の訛があることから、関西圏に住んでいる者の可能性が考えられる。そして、小金井を抹殺する動機を抱いていた。岩手奈保は、彼女に二百万円を渡して、小金井満造殺しを依頼した男の年齢を正確にいい当てられないが、竹中より年嵩だといった。そのことから四十代見当ではないかと推定されている。

木造太平、小金井満造、竹中智久の三人は、怪しい男たちである。第一職業を持っていないし、偽名を使って、住所を転々と変えている。収入をなにから得ているのかも不明である。竹中は学習塾を開いたが、その設立資金の出所も明らかでない。

松本署の道原たちは刑事課で、怪しい三人についての話し合いをしていた。とそこへ、塩尻署の中島刑事が入ってきた。陽焼け顔の長身だ。彼は酒好きである。道原を今夜の食事に誘いにきたの

かと思ったら、

「うちの事件《ヤマ》に、小金井満造が関係したことは明らからしい」

　といって、空いている椅子を勝手に引きずってきて、道原の席の前へ腰掛けた。大芝文成殺しの犯人のことをいっているのだ。

「もしかしたら大芝の妻は、夫を殺したやつは小金井満造だと確信したんじゃないか。それで、小金井を消すことを、ある人間に依頼したんじゃないかとみているんだが、どうだろう」

　中島は道原たちの反応をうかがう表情をした。

　道原は、俯いて畳の目でも数えているような大芝しず江の表情を思い出した。中島の推測どおりなら彼女は、夫殺しの犯人への復讐を考えていたのだろう。

　しず江は会社員の妻だった。子どもが二人いる普通の家庭の主婦である。そういう女性に、人を殺《あや》めてくれそうな知り合いがいただろうか。道原は中島の推測に首をかしげた。

「小金井を殺ったのは竹中や木造だとは、考えられないか」

　中島は、シマコが淹れたお茶を飲んだ。

「小金井を岩手奈保に殺らせた男は、竹中より歳上らしい。左利きで、言葉には関西訛がある。木造は金沢市生まれだが、大阪や京都にいたことはないし、関西訛はないし、左利きでもない。それに木造には小金井をこの世から消す動機がないように思う」

　道原はそういったが、伊東の家から旅行に出ている木造の行き先が気になった。

　木造の電話に掛けた。呼び出し音が鳴っているが応答がない。

伊東にいるはずの妻の四季子の番号をプッシュした。すぐ四季子が応えた。

「飯沼さんは帰ってきましたか」

「まだ帰ってきません」

「いま、電話を掛けたが、応答がありませんでした」

「わたしも朝から何回も掛けていますけど……」

彼女の声は心細げだ。

「あなたが掛けても応答がない」

どうしたのかと、道原は受話器を耳にあてたまま首をひねった。

木造が電話に出たら、年齢は四十代見当、身長は一七〇センチ以上、左利きで、言葉に関西方面の訛のある男に心当たりがあるかをきくつもりだった。

二時間経った午後六時すぎ、木造の電話に掛けた。今度は、なんの音もしなかった。ケータイの電池切れだ。それを吉村に伝えると、彼は顔色を変えた。

「いままで持っていたケータイを使えなくしたのでしょうか」

「それなら、そのことを家族に伝えているはずじゃないか」

「そうですね」

吉村は窓を向いた。暮れかかった空を黒い鳥が二羽、西のほうへ向かっていった。

四季子が電話をよこした。

「主人に電話が通じません」

彼女の声はかすれていた。木造がどこへいったのか彼女も娘の糸も知らない。唯一の連絡手段は電話だった。それがぷつりと切れた。それでも彼女は、なんの音もしなくなった電話器に、幾度も掛け、応答がないのに呼び掛けていたのではないか。

木造太平は、最悪の状態になっているのではないか。彼は危険地帯へ赴いたのだろう。彼がいった先は、小金井満造が事件に遭った先のような気がする。

木造は、竹中智久と連絡を取り合っていたことが考えられる。彼は竹中に会いにいったのか。仲間の小金井が殺害された。そのことと木造の旅行は無関係ではなかったとも考えられる。独り者の竹中は、いったいどこにいるのだろうか。

第八章　第四のX《エックス》

1

七月二日の昼少し前、ハイキング中の人から大町署へ、「林のなかに人が倒れている。その人は死んでいるもよう」という通報があった。その現場は白馬村の「どんぐりアルプス展望《てんぼう》遊歩道《ゆうほどう》」という高原のハイキングコースだ。通報したのは東京からやってきた十人の若者で、半数が女性。

ハイカーからの通報は、白馬村交番へ伝達された。白馬村交番からは山岳救助隊員が、大町署の鑑識課員とともに現場へ向かった。

遊歩道は林のなかをくねくねと縫うように歩き、何か所かで白馬三山を仰ぎ見ることができる約百二十分のコースだ。

四十代半ばに見える男性遺体は遊歩道から二〇メートルほど林のなかで発見された。ハイカーが木の実を拾おうとして林のなかへ入ったのだった。

白いスポーツシャツにグレーのズボンの、わりに体格のいい男がうつぶせになっていた。仰向けにすると、唇の左に縦に長さ一〇センチぐらいの刃物で切ったような古い傷痕があった。スニーカーを履いているが、リュックや鞄は身につけていなかった。ズボンのポケットに赤い小さな瓢簞《ひょうたん》を紐《ひも》で吊った鍵が一つ入っていた。ドアの鍵らしかった。財布は持っていない。水色のハンカチには少し汚れがついていた。

「首を絞められたな」

大町署の鑑識課員がいった。首に紫色の索条《さくじょう》痕《こん》が認められた。索条物は一本。前頸部の索溝《さっこう》は水平だが、後頸部では同じ高さになっていなかった。つまり背後から何者かに首を絞められたのだ。索条痕には編みロープのもようが残っていた。凶器は、登山者などが使う太さ一〇ミリ程度のロープだろう。

身元が分かる物を一切持ってない。じつはスマホや、身元の分かる物を身につけていたのだろうが、加害者が持ち去ったにちがいない。

白馬村のハイキングコースで、中年男性の遺体が発見された情報は松本署にも伝えられた。

遺体の特徴のひとつは、唇の左に一〇センチぐらいの古い傷跡。刃物によって切られたか、工場などでの作業中に負った怪我の跡とも判断された。


これをきいた道原は、疫病の蔓延《まんえん》期でもないのに外出時にはかならずマスクをするという、木造太平を思い付いた。伊東市の借家に住んでいる木造太平の妻四季子に電話した。

「はい」

力のない小さい声が応えた。

「ご主人は、帰ってきましたか」

「いいえ。電話は通じないし、連絡もありません」

「急いで白馬へいってください」

「白馬……」

「長野県の白馬村です」

「なにか……」

「四十代と思われる怪我人の男性が、警察に収容されました」

こういう場合、警察は、遺体とか死亡とかという言葉を使わないことにしている。

「怪我。それは重いのですか」

「そのようです。早くいってください」

薄情なようだが、道原のほうから電話を切った。

列車利用だと伊東からは特急で東京へ出る。東京からは北陸新幹線で長野へ。そこからは白馬へのバスがある。白馬に着くのは夕方になるだろう。四季子には十六歳の娘の糸が付いている。からだの丈夫でない母親を支えている素朴な娘である。


道原と吉村も白馬へ急いだ。

男の遺体は白馬村交番へ収容されていた。鑑識課員は遺体を、少なくとも三日は経過しているといった。遺体の唇の横の垂直の古傷は白っぽい。鋭利な刃物で切られた痕だ。白いスポーツシャツを着て目を瞑っている男は木造太平だろう。

木造は、仲間の一人だった小金井満造が殺されたのを知って、白馬へ足を向けたのだろう。そこで小金井を殺したのは十八歳の岩手奈保という女性だったことをきいた。岩手奈保は、言葉に関西訛のある草刈と名乗った男に、小金井殺害を依頼されたのだった。

木造はだれかに、白馬へ呼ばれたことも考えられる。小金井を殺した者に心当たりがあるとでもいわれたのか。道原たちが知り得ている木造の経歴のなかに、白馬は縁がなかったようだ。

大町署の捜査員の話では、白馬岩岳マウンテンリゾートへのリフトの乗降口や、ねずこの森などのレジャー施設の防犯カメラに、中年の男が二人、高原に張られているテントの下で休んでいたり、売店で飲み物を買ったり、放し飼いになっている羊を眺めている姿が映っていた。その映像は鮮明ではないが、一人は木造のようだ。一緒に行動している男は、人目のない森林の中などで、木造を殺害するために、同行を装っていたとも想像されている。二人の身長は同じくらいで、年齢も近そうだ。木造は白いシャツを着ており、相手の男は肩に鞄を掛けて紺色らしい半袖シャツを着ている。

　予想していたとおり、木造四季子と糸は、夕方、白馬村交番へ着いた。四季子の血色のよくない額には汗が薄く浮いていた。二人を迎えたのは大町署の捜査員たちだったが、その後ろに道原と吉村が立っていた。道原の姿を見つけた四季子は、ほっとしたように彼に寄り添ったが、瞼《まぶた》は涙をためていた。

「お気の毒ですが……」

　道原は、四季子と糸のあいだへ、低い声で悔みを告げた。四季子は予想していたらしく、頭を下げながら、白いハンカチを目にあてた。

　遺体との対面を終えると妻と娘は控え室へ案内された。女性職員が麦茶を注いだ茶碗を二人の前へ置いたが、二人とも手をつけなかった。

　四季子と糸は、白馬村では最高級の高倉ホテルで一夜を過ごすことになった。

　道原と吉村は、四季子たちの夕食がすんだころを見計らって、ホテルを訪ねた。母娘は、重い足取りで一階のロビーへ降りてきた。広いガラスを通した庭では篝火《かがりび》が赤く燃えていた。四人はコーヒーを頼んだ。

「奥さんは、木造さんの山仲間だった二人を知っていましたか」

「会ったことはありませんけど、主人からお名前はきいていました」

四季子は、白いコーヒーカップに視線を落として答えた。

「竹中智久さんと小金井満造さんでしたね」

道原がいうと、四季子は小さくうなずいた。

「竹中さんは、松本市と岡谷市に学習塾を開設して、それを経営していた。その業績は順調のようでした。ところが、去年の八月末に富山市内で、お付合いしていた女性と落ち合って、八尾で風の盆を見物することにしていたが、彼は女性との約束の場所へ現れなかった。現れなかっただけでなく、住んでいた家からいなくなり、行方不明になったんです」

「行方不明。なにが原因だったんですか」

「分かりません。私たちの想像では、学習塾を経営していることを、人に知られたくなかったからでしょう」

「いいお仕事なのに、なぜそれを知られたくなかったのでしょうか」

「開設資金を疑われるからです」

「疑われる……」

彼女は首をかしげた。

「竹中さんは、会社勤めをしていたが、学習塾を何か所にも開くことができるような収入はなかったし、実家も裕福とはいえなかった。そういう人が、何千万円もかけての事業を始めた。それを知った人は、資金の出所に疑いを持ちます」

「そうですね」

四季子は下を向いて相槌《あいづち》を打った。

「竹中さんは、大金を隠し持っていたことが分かっている。大金をどこで手に入れたかをさぐられたり、調べられるのを怖れて、折角はじめた学習塾を棄てて、行方不明になって、現在も住むところを転々としているんです。……松本市内に住んでいたとき、ある人から、竹中さんはお金持ちなんですねとかといわれたのだと思います。それを小金井さんがきいたのでしょう。そのとき小金井さんは、肚《はら》のなかで、『まずい』と思ったにちがいない。……木造さんと、小金井さんと、竹中さんは、派手にお金を遣ったり、世間に目立つことをしないという約束があった。その固い約束を竹中さんは破っていた。……竹中さんの知り合いに大芝文成さんという人がいた。その人はどうやら、竹中さんの事業開設資金について疑いの目を向けていたのだと思います。そのことを竹中さんの仲間の小金井満造さんが気付いた。気付いただけでなく、危険な男とでも思ったのでしょう」

　四季子は、道原の口から出る次の言葉を予想したのか、頬に手をあてた。頬がわずかに痙攣《けいれん》したらしい。

「小金井さんは、大芝さんの口を封じるために、塩尻へいって、彼を殺害したんです」

　四季子は身震いした。その瞳には外の赤い火が映っていた。

「警察は、大芝さんを殺したのは、小金井さんではないかとにらんだ。さっきもいったように三人には世間に目立つことをしないという約束があった。それなのに小金井さんは、重大事件の犯人ではと疑われるようになって、捜査が進められた。それは木造さんと竹中さんにとってはきわめて迷惑なことだった。小金井さんだけでなく、木造さんと竹中さんの身辺をも、警察ににらまれるからでした」

　道原は砂糖を落とさないコーヒーを一口飲んだ。糸は上目遣いに道原を見ている。

「小金井さんは、災難に遭いましたが」

「そう。車に衝突されたし、怪我が治りかけたところを、病院の従業員だった女性に……」

「松本の病院から白馬の病院に移って、静養されていたのでしょ」

「松本市内の病院の従業員の女性は、ある男にまとまった現金をもらって、小金井さん殺害を請け負った。その女性は、仕事中の怪我で、からだが不自由になった父親の面倒を見ていたが、勤めている病院からの給料だけでは、父親に十分な治療を受けさせることがむずかしかった。そこで、まるで自爆を覚悟したかのように、静養中の小金井さんに重傷を負わせた。結果的には小金井さんは、その女性の犯行によって殺害された。……その事件を知った木造さんは、じっとしていられなくなって、小金井さんの最期の地となったこの白馬へやってきた」

風の向きが変わったのか、篝火が揺れて大きくなった。

四季子はなにかを思い付いたのか、あっというふうに口を半分開けた。その表情に反応してか糸の目が光った。

「竹中さんは、どうしたのでしょうか」

竹中は小金井の事件も、木造が遭った事件も知ったはずである。四季子は、もしかしたら竹中の手によって、夫は首をロープで絞められたのではないかと想像したようだ。

竹中は行方不明だが、テレビを観ることも新聞を読むこともできるはずだ。ニュースで小金井が殺害されたのを知って仰天したのではないか。

道原はあす、あらためて、リフト乗降口やリゾート地の防犯カメラの映像を見ることにした。が、腕を組んで首をかしげた。小金井を岩手奈保に殺させた男は左利きで、言葉に関西訛がある。竹中は新潟生まれで、関西に住んでいたことはなかったようだ。

2

七月二日の晴天の正午すぎ、道原と吉村は白馬村交番で、リゾート地へのゴンドラ乗降口に設置されていた防犯カメラの映像を見直していた。四十代半ばに見える男が二人映っている。その二人は、木造太平と竹中智久ではと想像して見直したのである。一人はまちがいなく木造だ。同行者は竹中ではと想像していたが別人だ。道原たちは竹中の写真を、以前、学習塾から借りて見ている。

高原の売店に設置のカメラも見直した。そこでは木造が紺色らしい半袖シャツの男と並んでベンチに腰掛けて、カップを手にしている。あらためて四季子にも糸にも映像を見せたが、木造に並んでいるのは知らない人だと答えた。

木造の遺体は、松本の大学の法医学教室で解剖検査を受けることになった。

白馬村交番の警官に、旨いそば屋があるので案内するといわれたところへ、白馬駅前で行き倒れのような状態の中年男が、駅員の目にとまり、近くの医院へ収容されたという通報が入った。

「真冬でもないのに、行き倒れ状態とは」

駅員から電話を受けた警官はいった。

「病気か怪我じゃないのか」

べつの警官がいった。

道原と吉村は、評判どおりの旨いそばを食べて白馬村交番へもどった。と、そこには刃物が胸に刺さるような情報が待っていた。

　駅前で倒れそうな格好で歩いているところを駅員に助けられて、近くの医院へ運ばれて手当てを受けている男の名は、竹中智久だった。ポケットに入っていた運転免許証で氏名を確認したという。

　道原たちは白馬村交番の警官と一緒に、竹中が収容された北沢《きたざわ》医院へ駆けつけた。

「話ができますか」

　道原は医師に容態をきいた。

「大丈夫です。長時間、たぶん飲まず食わずで炎天下を歩いていたので、熱中症状を起こしたんです。頭を冷やして、栄養剤を打ちましたので、少しはよくなったと思います」

　道原たちは、竹中が寝ているベッドに近寄った。目を瞑っている。陽に焼けた顔は汚れているように見えた。看護師が熱を計った。異状はなさそうだ。

　二時間ばかり待って、ふたたび竹中のようすを見にいった。人が近寄ったのを感じてか、竹中は薄く目を開けた。頬がこけて汚れているような顔だが眉の濃い器量よしだ。

「話ができるか」

　道原が顔の真上からきいた。

　患者はまばたきした。

「竹中智久さんだね」

　唇が、「はい」と動いた。

　四十半ばの看護師が、お粥《かゆ》を食べてもらう、といった。

　竹中は上半身を起こした。両手をこめかみにあてて揉《も》むような手つきをした。

　ベッドの上のテーブルには、サケのほぐしを散らした粥と漬け物と水のグラスがのった。

竹中は合掌してスプーンを持った。

看護師は、粥をすくって食べはじめた竹中をしばらく見てから、ベッドをはなれていった。

竹中は、ゆっくり粥を食べ、旨そうに水を飲むと、箸とスプーンを盆の上へそろえてから手を合わせた。目をのぞくと、意識ははっきりしているようだった。

彼はもぞもぞと動くと、ベッドの上へ正座した。

道原は、松本署員だと名乗った。折りたたみ椅子をベッドの脇へ寄せた。彼の背後には吉村と白馬村交番の警官が立っている。

「ききたいことが沢山あるが、いいか」

道原がいうと、竹中は下を向いて、「はい」と答えた。

竹中は去年の八月末、それまで経営していた学習塾も恋人も放り出すようにして、行方をくらました。それはなぜかをきいた。

——二か月ぐらい前から、食欲がなく、苛々がつのり、不安感におそわれ、夜中に何度も目を開けるようになった。頭痛がやまない日もあった。精神科の医師に診てもらうと、服み薬を二種類くれた。十日間ほどそのクスリを服んだが、少しもよくならなかった。

仔猫を飼ってみた。猫は牛乳をよろこんで飲むし、餌をよく食べた。その猫はいつも部屋の隅から彼を観察するようにじっと見ていた。ある日、外出から帰ると、猫の姿がなかった。名を呼んでみたり、家の周りをさがしたが見つけられなかった。それきりその猫はもどってこなかった。彼は凍りつくような寂寥《せきりよう》感に襲われた。目の前の大きな木から、葉が一斉に舞い落ちるような不安感が胸に張りついた。電車に乗ると、すべての乗客からにらまれているようで、胸を抱えて震えた。財布から一万円札を出すと、それは針のように尖っていた。

光った針のような札を、バッグとリュックに詰め込んで、室堂へ向かった。

学習塾の経営は、いまの自分には重すぎたし、育っていく生徒たちから、棒を持って追いまくられているような気がした。

室堂に着くと、池のほとりの林のなかへ小さなスコップで穴を掘った。その穴のなかへ、札束を詰め込んだリュックを沈めて、土を盛った。そこにはやがて枯葉が降り積もり、草も生えるにちがいなかった。

絵利香と別れる決心をした。長く付合っているうちに、正体を見破られそうな気がしていたからだ。その前から、彼女が向けてくる視線にじつは怯えていたのだった。

去年の八月三十日の朝のことは一時も忘れていない。富山で待っている彼女に、「気をつけてね」と電話でいった。そのときは、電話を掛けている手がちぎれるほど痛かった。

松本市内へはもどらないことにして、偽名を使って長野市内や大町市内に部屋を借り、ホテルに泊まるときも偽の名を使った。

今年は、春先から体調がすぐれなかった。偽名で借りている部屋で、ろくに食事もせず、五日も六日も寝ていたこともあった。

目的はなかったが、糸魚川《いといがわ》へいき、親不知《おやしらず》の黒ぐろとした断崖上から海を眺めた。断崖の中腹より下のほうには山襞《やまひだ》に沿う灰色の道路が見えた。押し寄せて岩に砕ける白波は、道路を洗っているようだった。その夜、泊まったホテルのテレビで、小金井満造が殺されたのを知って、天井を仰いで肝を冷やした。彼は松本市内で轢き逃げの被害に遭って、その治療を市内の病院で受けていたが、事情があって白馬村の病院へ移っていた。轢き逃げで負った怪我は快方に向かっていて、付近を散歩できるまでになっていた、と報じられた。

　息を潜めるように静かな日常を送っていた小金井だったが、彼は自分と仲間の秘密を守るために、塩尻市の大芝文成という男を殺害した。去年の六月のことだが、竹中は小金井から山行を誘われた。かつて二人は、北アルプスの山小屋で知り合った仲で、以来、おたがいが山行を誘い合い、それに応えて一緒に山歩きをする仲になっていた。山仲間ではないが、竹中には大芝という知人がいた。竹中は大芝を山行に誘い、小金井との三人で蝶ヶ岳と常念岳へ登ることにした。蝶と常念にしたのは、大芝の山行経験の浅さを考慮してのことだった。

　三人は上高地で落ち合うと、梓川の上流へ歩き、横尾山荘に泊まった。夕飯どきに三人は酒を飲んだ。三人のうちで大芝がいちばん先に酔い、声が甲高くなった。彼は竹中の事業を羨むようなことをいいはじめ、「竹中さんは、大金持ちなんですね」を、繰り返した。そのたびに竹中と小金井は顔を見合わせ、苦い表情をした。大芝は、知人や勤務先の同僚と食事をしたり酒を飲む機会があるだろう。その度に彼は、学習塾を三か所に開設している竹中のことを話題にしそうに思われ、口にガムテープでも貼りたくなった。

　蝶、常念の山行から帰って何日もしないうちに、竹中と小金井は、苦り切った顔を突き合わせた。

「大芝という男は危険だ。あんたのことを大金持ちといったり、まだ若いのにどうやって金をためたのか、なんて人に喋るにちがいない。それをきいた者は、あんたを色メガネで見るようになるぞ」と小金井は、眉間に皺を彫った。

　小金井が尖った目でそういった次の日の夜、大芝文成は何者かに背中を棒で殴られて、奈良井川へ放り込まれて殺された。

　大芝と竹中は親しい間柄だったので、大芝を殺した犯人に心当たりがあるか、と警察はさぐりにくるにちがいなかった。警察は、竹中の行方不明を知り、もしかしたら大芝を叩いたのは竹中だったのではとにらむかもしれなかった。大芝が会社の同僚などに、「学習塾を経営している男を知っているが、その男は開設資金をどうやって工面したのかを喋らない」とでも話していたことも考えられた。

3

　竹中は、リュックを背負い鞄を提げて松本市里山辺の借家を出、室堂で、日野絵利香に別れの電話をした。何日間か迷ったが、潮時だと自分にいいきかせた。電話を切ってから、涙を拭った。同時に、経営していた学習塾を放り出すことにした。

　住む家も職業もないホームレスになって、何日かすると、無性に絵利香に会いたくなった。しかし、さんざん考えての上で別れたのだと、歯を食いしばった。

　離婚した律子がどんな生活《くらし》をしているかを、蒼い空を流れていく白い雲を眺めて想像した日もあった。

九年前の八月初め、調布市に住んでいる木造太平が電話をよこし、会って話したいことがあるといった。会う場所は四谷の中華飯店。そこは高級店であるのを知っていた。その店へ約束の時刻にいくと、小金井満造がきていた。三人で会うのは三か月ぶりだった。

三人は北アルプスの山小屋で知り合った仲。知り合ってから何回か一緒に山歩きしていた。

飯店で三人がそろうと、木造が、「今夜はここへ西のほうから、ある男が、面白い話を持ってくる」といって妙な笑い顔を見せた。

三人はビールで乾杯した。西のほうからやってくる男の名は、森野洋介《もりのようすけ》で四十八歳。神戸の奥座敷と呼ばれている有馬《ありま》温泉に住んでいて、高級レストランや料亭など向けの食器販売を手がけている。

森野は、神戸市の三宮《さんのみや》駅に近い「鈴川《すずかわ》」という老舗料理店の主人の子。鈴川の主人がその店の従業員だった女性に生ませた子だった。鈴川の女将は、自分の娘のように可愛《かわい》がっていた沙世《さよ》という従業員のからだをうしろから見て、身籠っているのを見抜いた。「相手はどこのだれや」と女将に追及され、彼女は、店の主人との関係を打ち明けた。

女将は沙世に、「出ていけ」と、叩き出すようなことをいったが、有馬温泉に小さな家を借りてくれ、「わたしの目の届かないところで産め」といった。

沙世が店を出ていって何年か経って、鈴川へはヤクザが出入りするようになり、それを嫌った常連客が通ってこなくなった。店は閑散とした日がつづくようになり、主人は昼間から酒を飲むようになった。

　かつては常連だった人たちは、「鈴川は、あと幾日もつか」などといい合うようになり、その噂どおり廃業した。しかし女将は元町《もとまち》へ移って小料理屋をはじめ、夫である主人を使用人のように使った。主人の料理の腕と味はたしかだったからで、小ぢんまりとした店は繁昌し、現在は実子である娘があとを継いで、「小鈴《こすず》」という店はつづいている。

　東京・四谷の中華飯店へあらわれた森野洋介は、細い目をしているが、瞳は火でも入れているように異様な光りかたをしていた。

「ご商売は、ご繁昌のようで」

　木造がいった。

「まあまあや」

　森野はいうと、小金井と竹中の顔を吟味するように見てから、木造の注ぐビールを左手に持ったグラスに受け、一気に飲み干した。左手でズボンのポケットからハンカチを取り出して、口を拭った。咳払いをひとつすると、

「今夜、私がここで三人に会《お》うたことは、口が裂けても人に話さんように願います」

　といって、三人の顔をにらんでからの彼の話は、こうだった。

――八月中旬のX日の午前〇時すぎ、神戸市の阪神元町駅前の「キングインホテル」の裏口から現金を詰め込んだ大型トランクを、裏口近くにとめた車に積む。なぜ車を裏口にぴたりととめないかというと、ホテルの裏口の道路約二〇〇メートルが工事中だからだ。トランクを転がしていくのは

たぶん二人だろう。トランクを積む車の運転席には一人が乗っていることも考えられる。……ホテルの裏口からトランクを転がして出てきたら、三人で襲って奪う。凶器は使うな。素手で腹を殴るか蹴るといい。車に乗っていたやつは車を降りてくると思う。そいつも殴るか蹴って倒せ。トランクを車に積み、車ごと奪って逃げる。トランクの中身は、たぶん三億か四億円のはず。賭博の金だ。

「どうだ。やれるか」

森野は低い声でいうと、火がついているような目であらためて三人をにらんだ。

三人は、いったん目を伏せたが、顔を起こすと視線をからみ合わせた。現金強奪にのるということだった。

森野の情報は間違っていなかった。一つの誤算は木造の怪我だった。トランクを運ぶ車の運転席に乗っていた男はナイフを持っていた。車を降りるさい、二つのトランクを車に積もうとしていた木造に向かってナイフをふるった。木造は唇の横を縦に切られ、顔も着衣も真っ赤に染まった。

奪った現金は四億五千万円。それを四人で山分けした。

「派手な生活《くらし》かたをしたらあかんで」

森野洋介はそういって、木造に訓戒を書かせた。

木造太平、小金井満造、竹中智久は固い約束を交わしたのだが、五年も経つと水漏れがはじまった。貧乏性の竹中が、学習塾を開設した。

竹中を兵庫県警本部へ移送するまぎわに、このような結果になった経緯について、だれかを恨んでいるかを本人にきいた。

「恨めしいのは自分であります。それに、いい友人がいなかった。それは、森野にも、木造にも、小金井にもいえることだと思います」

　竹中智久を乗せた車は、「修好舎」の太字の看板の出ているビルの前をスピードを上げて通過した。

　道原と吉村は捜査報告書を書いていた。夕方には書き上げることになっている。

　三船課長が道原を呼んだ。

「森野、木造、小金井の家族に会って、ここ九年間の生活《くらし》向きなどを、詳しくきいてもらいたい」

　といってデスクに肘を突くと、手を合わせた。

地図製作　デザイン・プレイス・デマンド

※この作品は書下ろしです。

※この作品はフィクションであり、実在の個人・団体・事件などとはいっさい関係ありません。（編集部）

◎お願い◎

この本をお読みになって、どんな感想をもたれたでしょうか。

「読後の感想」を左記あてにお送りいただけましたら、ありがたく存じます。

なお、「カッパ・ノベルス」にかぎらず、最近、どんな小説を読まれたでしょうか。また、今後、どんな小説をお読みになりたいでしょうか。読みたい作家の名前もお書きくわえいただけませんか。

どの本にも一字でも誤植がないようにつとめておりますが、もしお気づきの点がありましたら、お教えください。ご職業、ご年齢などもお書き添えくだされば幸せに存じます。当社の規定により本来の目的以外に使用せず、大切に扱わせていただきます。

東京都文京区音羽一―一六―六
郵便番号 一一二―八〇一一
光文社 文芸第一編集部

白《はく》馬《ば》八《はつ》方《ぽう》尾《お》根《ね》殺《さつ》人《じん》事《じ》件《けん》

2022年4月30日　初版1刷発行

著者　梓《あずさ》　林《りん》太《た》郎《ろう》
発行者　鈴木広和
組版　萩原印刷
印刷所　堀内印刷
製本所　ナショナル製本
発行所　株式会社光文社
東京都文京区音羽1-16-6
電話　編集部　03-5395-8254
書籍販売部　03-5395-8116
業務部　03-5395-8125
URL　光文社 https://www.kobunsha.com/

落丁本･乱丁本は業務部へご連絡くだされば、お取り替えいたします。

ISBN978-4-334-07750-1

Printed in Japan

「カッパ・ノベルス」誕生のことば

カッパ・ブックス Kappa Booksの姉妹シリーズが生まれた。カッパ・ブックスは書下ろしのノン・フィクション(非小説)を主体としたが、カッパ・ノベルス Kappa Novelsは、その名のごとく長編小説を主体として出版される。

もともとノベルとは、ニューとか、ニューズと語源を同じくしている。新しいもの、新奇なもの、はやりもの、つまりは、新しい事実の物語というところから出ている。今日われわれが生活している時代の「詩と真実」を描き出す——そういう長編小説を編集していきたい。これがカッパ・ノベルスの念願である。

したがって、小説のジャンルは、一方に片寄らず、日本的風土の上に生まれた、いろいろの傾向、さまざまな種類を包蔵したものでありたい。かくて、カッパ・ノベルスは、文学を一部の愛好家だけのものから開放して、より広く、より多くの同時代人に愛され、親しまれるものとなるように努力したい。読み終えて、人それぞれに「ああ、おもしろかった」と感じられれば、私どもの喜び、これにすぎるものはない。

昭和三十四年十二月二十五日

KAPPA NOVELS